LOS PAPELES DE DAMASCO

LA MUJER QUE SALVÓ A JESÚS DE LA CRUCIFIXIÓN

Jorge Salazar

LOS PAPELES DE DAMASCO

LA MUJER QUE SALVÓ A JESÚS DE LA CRUCIFIXIÓN

LOS PAPELES DE DAMASCO

D.R. © 2006, Jorge Suriel Salazar Cávana
D.R. © De esta edición:
Santillana Ediciones Generales, S. L.
Av. Universidad 767, Col. del Valle
c.p. 01300, Teléfono 91 744 90 60
www.sumadeletras.com.mx
Todos los derechos reservados

Diseño de cubierta: Carolina González Trejo
Imagen de la cubierta: *Maestà* (fragmento), de Duccio di Buoninsegna

Primera edición: octubre de 2006

ISBN: 970-770-735-6

Impreso en México

Para Elma,
lo mejor que me pasó en la vida.

ÍNDICE

PALESTINA EN LOS TIEMPOS DE JESUCRISTO.

Advertencia del compilador
(que puede pasar por alto el lector de novelas)

Fue en 1967, durante las desesperadas jornadas de la llamada Guerra de los Seis Días, conflicto que terminaría por darle jaque mate a la prometedora República Árabe Unida, RAU. Habíamos llegado dos días antes a la bombardeada capital de Siria. Sí, Walter Tauber, el destacado hombre de prensa suizo, había coincidido conmigo en el avión de Iberia que cubría la ruta Madrid-Damasco con previas escalas en Roma y Nicosia. Íbamos a lo mismo: hacer indagaciones en torno a la odiosa guerra que acabaría con la siempre rudimentaria unidad árabe. Damasco era un punto inmejorable para empezar las averiguaciones. Tauber trabajaba para la cadena informativa que agrupaba un conjunto de diarios y revistas suizos y holandeses. Lo mío era más modesto: redactor de Informaciones, un vespertino madrileño ahora desaparecido, pero que jugaría, bajo la dirección de don Jesús de la Serna, un importante papel conciliador para la llamada transición española.

España oficialmente se confesaba pro-árabe. Ello explicaba en parte mi viaje a Damasco, ciudad cuyo nombre duraba más que su gloria. Contemplando el desolado paisaje citadino, lo único que se nos venía a la cabeza eran elogios fúnebres. Aún así, a nosotros no nos quedaba otra cosa que cumplir con nuestra misión periodística y creo que lo hacíamos con énfasis. Pero una mañana que no hubo mucho *trabajo de indagación decidimos hacer algo de turismo por la inerte ciudad. Caminando por aquí y por allá, llegamos a la mezquita de Omar. Allí, el jardinero del templo, Faiz, mientras hacía de guía, descifró una serie de signos para nosotros y nos contó una límpida historia de la ciudad bañada por el río Barada. Por Faiz supimos que Damasco había sido fundada por los egipcios hacía tres mil años y que alguna vez Alejandro se la arrebató a los persas. Luego del baño de historia, el guía-jardinero nos vendió unos talismanes tornasolados, hermosos. Al salir de la mezquita, el sol brillaba con todo su esplendor y fuerza, eso nos decidió a tomar un taxi.*

Walter se sentó al lado del chofer mientras yo me acomodaba en la parte posterior del Seat. El viaje era muy corto, pero estando a escasos cien metros de nuestro hotel, noté sobre el piso del carro un bien apretado rollo de papel que parecía un manuscrito o un mapa. De cualquier manera, interrumpí la conversación que el chofer y mi colega habían entablado en francés. Pero el chofer optó por no hacerme caso. Y, más por señas que por palabras, me hizo saber que no le interesaba el rollo y que no sabía leer.

Cuando llegué a mi habitación, curioso, desenrollé el apretado cuerpo de lo que a simple vista parecía un manuscrito en varios tipos de papel, pero observando con detenimiento lo que tenía entre manos, noté que lo que había encontrado no era uno, sino varios manuscritos redactados en latín y griego antiguos. Pensé que mi hallazgo no podría ser otra cosa que material paleográfico extraviado y olvidado por un especialista en Historia o algo así. Decidí, entonces, hacer lo que consideré debido: enrollé los manuscritos y me dirigí a las oficinas del hotel, donde un grupo de oficiales de la policía siria se encargaba de controlar y verificar los pasaportes y documentación de los extranjeros.

No tardó mucho en atendernos un capitán que hablaba inglés. Luego de escuchar mi relato, me invitó a un cigarrillo egipcio y con cortedad léxica expresó lo que pensaba: su país estaba demasiado ocupado en devolver la agresión sionista como para interesarse en documentos de infieles no-creyentes, por tanto, yo podía hacer lo que quisiera con mi hallazgo. Dicho sea de paso, me despidió sin arrogancia, pero no puso los ojos sobre mi rollo.

Mi manuscrito damasquino fue revisado por Walter Tauber, quien me recomendó a algunos amigos suyos para que me ayudasen con la traducción. Yo, con el transcurso de los años, solo me he encargado de ordenar y encuadernar lo que ellos tradujeron. Estoy convencido, luego de leer el relato, incompleto en su final, que las mentes y las manos de tantos amigos y amigas que me ayudaron desinteresadamente en la agobiante tarea de traducir y capitular han estado cargadas de honradez.

Sé bien que las figuras que desfilan por estos escritos, vistas desde los inicios del siglo XXI —Nabucodonosor, Pompeyo, Tito, Nerón, Berenice o Flavio Josefo— pertenecen más al fresco de la mitología de Occidente que a la Historia misma. La razón de ello podría explicarse a través de Hollywood o de nuestra propia dejadez o falta de tiempo. Por lo que fuere, lo cierto es que husmear en estos viejos papeles, más que acercarme al pasado, me ha metido de lleno en los atormentados días que nos han tocado en suerte. No sé por qué encuentro afinidad entre esa larga columna de prisioneros judíos de Nabucodonosor, Tito Vespasiano y las procesiones que, como a maniquíes, los nazis del III Reich mandaban al matadero.

De repente, las comparaciones entre espacios y tiempos tan distantes carecen de sentido, pero no puedo evitar hacer esos paralelos. Quizá sea injusto leer sobre Godolías (el judío que según el manuscrito fue usado como testaferro por el rey de Babilonia) o sobre Josef Ben Matatías (el escriba y altivo combatiente hebreo que, por un poco más de vida, se convertiría en dócil siervo de Tito y Vespasiano y, a la vez, en verdugo de su pueblo) y en ese instante imaginarme a los venerables caballeros de los Judenrate (consejo judío) colaborando activamente con esos Schutzstaffeln de Himmler y Eichmann en la organización disciplinada de los sombríos convoyes de la muerte que fueron escándalo y escarnio del siglo XX. Las ideas vuelan y la cabeza no encuentra diferencia entre el judío del año 70 d.C. y el Sonderkomando, vulgarmente conocido como el capo

de Treblinka o Auschwitz que, a cambio de vivir unos días o semanas más, se convertía en verdugo de su propia sangre.

Sociólogos y otros analistas de la conducta humana sostienen
que la acción de pasar de víctima a verdugo se comprende fácilmente;
dicen que en todas las edades y naciones muchos vencidos, por amor
o apego a la vida, han colaborado con sus vencedores. Es esto lo que
no entiendo. Quiero decir que vivir no consiste en no morir. Sería
precario y hasta mezquino. La muerte, a mi parecer, es dejar de ser lo
que uno eligió. Así, en definitiva, los hombres y mujeres que verdaderamente aman la vida están dispuestos a morir por ella. Nada más.

QUIZÁS EL COMIENZO DEL FIN

(Jerusalén, año 63 a. C.)

Terminada la dura jornada, Gnaeus Pompeius Magnus, más conocido como Pompeyo, pide a los coroneles que traigan ante su presencia a los cabecillas de la resistencia. Unos ochenta judíos son trasladados en fila a la plaza en torno a la cual el regimiento escolta, con las espadas desenvainadas, ha formado un amplio círculo. Lo único que hace Pompeyo es levantar la mano derecha. El curtido General romano no pronuncia una sola palabra durante los veinte minutos que dura la matanza. Permanece sentado en una banqueta con los brazos cruzados y el rostro inmóvil.

Cuando rueda la última cabeza judía y los restos empiezan a ser amontonados para prenderles fuego, Pompeyo se pone de pie, da un salto y monta su caballo. No se detiene hasta llegar a las puertas del Templo. Desea humillar a sus fanáticos enemigos. Vuelve a espolear al animal y espada en mano penetra en el *Sancta Santorum*. Se ha prometido destruir al Dios de los judíos con el filo de su acero. Los soldados apostados en la entrada del templo vitorean a Pompeyo.

Algo parece haberle sucedido. Cuando Pompeyo sale del venerado edificio de los judíos, no parece un vencedor. Iracundo, rojo de ira, empieza a gritar furiosamente:

—¡¿Dónde está el Dios de los judíos?!

Los legionarios romanos conjeturan que Pompeyo ha sufrido un trastorno. El conquistador de Oriente, todavía espada en mano, continúa dando voces:

—¡¿Dónde diablos está el Dios de los judíos?!

HISTORIAS PARA EL INSOMNIO

Historias para el insomnio

Sé muy bien que una historia no puede ser contada a cabalidad hasta que no concluye, pero siento cómo me voy quedando solo en medio de la oscuridad. Me acompañan estos papeles, manuscritos que muchas veces me sostienen y me ayudan a que no me adormezca y pueda volver sobre mis pasos que ya van sonando distantes. Sé también que no tengo ni el tiempo ni las fuerzas suficientes para extraer conclusiones. He sido un cronista que amontonó puntualmente, aunque tal vez sin mucho orden, testimonios, imágenes, historias y pormenores del tiempo que me tocó vivir. Creo que para eso nací: para hacer lo que hice y para escribir lo que he escrito.

La mía —aunque ha habido algunas temporadas de neblina— no ha sido una vida incómoda. Yo, Marcio Cornelio, agradezco a los dioses por la existencia que me otorgaron. Serán ellos, a última hora, los que tendrán la palabra final acerca de esta historia en la que he entrado a relatar lo que fue, no lo que será. El futuro, deduzco, correrá por cuenta de otro u otros mortales. A 823 años desde la fundación de la excelsa Roma, el único valor que encuentro en estos papeles radica en que siempre traté de redactar en los mismos instantes en que los hechos acontecían.

Ahora mismo, mucho de lo que aquí narro es pasado. Duerme, pero podría resucitar. Somos los humanos los que marchamos. La Historia y los dioses perviven.

II

"La Historia y los dioses perviven", es eso lo que le repito a Tácito, un muy joven amigo mío a quien el futuro —de ello estoy muy convencido— hará gran honor. Este muchacho es considerado por los romanos de hoy como el más destacado orador del Imperio. Es justo que así sea, ya que su talento y eficacia con el verbo son indiscutibles; sin embargo, más allá de sus celebradas cualidades verbales, intuyo que Roma tiene en él a una prometedora figura en el siempre espinoso terreno de la historia escrita. Pero no es sólo intuición. He tenido la oportunidad de leer de su pluma lo que él designa como "primeros apuntes" de una documentada y atractiva biografía de Augusto. Allí, en unos legajos todavía frescos de tinta, pude notar que Cayo Cornelio Tácito, pese a su juventud, está compenetrado con un espíritu crítico de los acontecimientos, cualidad a la que no son muy propensos los escritores romanos del presente.

Tácito, que con escrupulosa generosidad me denomina "maestro", no se contenta con la llana descripción de los hechos que narra, sino que intenta siempre desentrañar sus causas usando razón, lógica y voluntad. Me asombra su pertinaz insistencia en sondear los ocultos móviles que determinan el accionar humano. La última vez que pasó por aquí, fue para hacerme unas consultas sobre el tema de moda en Roma: los judíos y la secta de los cristianos, ese extraño grupo de fanáticos contra quienes nuestro augusto emperador Vespasiano ha tenido una mano tan dura y, pienso yo, apresurada.

No conversamos sólo sobre los posibles significados de la revuelta religiosa-social de los judíos. Tácito, que tiene 16 años de edad, me contó que ya había decidido un título para su primer trabajo histórico: *Ab Excessi Divi Augusti*. Mi amigo habló bastante sobre las dificultades de testimoniar acerca de ciertos hechos históricos que encuentra, dijo, envueltos en la oscuridad. Todavía suenan en mis oídos sus desoladas palabras: "Se hace cada vez más difícil, maestro, escribir en Roma, un medio donde algunos toman por suceso los rumores más precarios, mientras otros convierten la realidad en fantasía y falsedad. Y lo peor es que las versiones, unas y otras, serán exageradas por la posteridad".

La evidente imparcialidad y objetividad crítica de este joven amigo me ha permitido, cumplidos ya 65 años de existencia, pasar de la resignación a la confianza. Creo que ya puedo aceptar, sin renegar de nuestros dioses, la desintegración de mi vida, pues cada día que pasa pierdo más y más la fuerza necesaria para empuñar la pluma. Intuyo que gracias a este muchacho, nacido como yo en el seno de una familia de caballeros, la maravillosa y dramática historia de mi bienamada Roma no será ilegible en el futuro. Así, sin que el mismo Tácito lo sepa, pondré a su alcance estos apuntes y testimonios —que en un principio estaban destinados al César Nerón. Desgraciadamente, el terrible desastre que significó su desaparición frustró mis planes, pero ya he hecho los arreglos necesarios para que lleguen a las manos de Tácito a las pocas horas de mi muerte.

III

En Roma, muchos ciudadanos creen que escribir es una profesión; no lo es. Escribir es una actividad gratuita y desinteresada. Cuando se escribe, se enseña y también se aprende. Se enseña vida y se aprende a vivir.

No desearía que se me tomase por uno de esos escribas que aprovechan su destreza con la pluma para ganarse la vida fabricando historias y genealogías a la medida de las necesidades de algún poderoso cliente o protector. Estoy convencido de que cuando se escribe a las órdenes de alguien, se termina por anotar historias absurdas y aburridas. Que es lo peor.

Esto que digo, no significa que he callado o que omitiré los nombres de aquellos que por sus acciones se ganaron mi admiración y respeto; no, hablaré de todos ellos a su tiempo. Vendrán solos. Surgirán en estas líneas como una especie de sudor o vómito natural.

Por otro lado, la mayoría de los seres que me han conmovido, ha muerto ya. En parte, eso me alivia de los miedos que tengo a ser confundido con un escriba profesional.

IV

Comenzaré por decir que nací en Roma. Cuando pequeño, mis únicos compañeros fueron el fuego, los libros y Teófilo, el esclavo griego al que mi padre encargó mi formación. Luego cambiaron algunas cosas. Seguí amando los textos escritos, pero la intensidad de la vida me hizo conocer hombres tan deslumbrantes como los héroes —Eneas, Aquiles, Alejandro— que poblaban las historias que me regalaba Teófilo y que él recogía de sus atesorados libros.

No hubo en mi infancia muchos personajes inolvidables. Mi madre —una joven noble y conservadora de las tradiciones romanas, me contaba mi padre— murió cuando yo era un recién nacido. Mi padre, un caballero romano llamado Lucio Cornelio, me buscó una nodriza, Ligia. Después, para encargarse de la formación de mi carácter, llegó a la casa Teófilo.

Casi no recuerdo las facciones de Ligia, pero conservo en la memoria algo del tiempo, relativamente corto, que permaneció conmigo. La mujer, por órdenes de mi padre, se esforzaba en darle un sentido religioso a la casa: "El fuego no debe extinguirse nunca en el hogar, porque representa a Vesta, la Diosa de la vida", me repetía.

En invierno pasábamos la jornada echando leña al fuego. El ejercicio de azuzar las sagradas llamas no se detenía ni durante las comidas. Mientras nos alimentábamos, arrojábamos migajas de pan al altar ardiente de la diosa de la vida.

Ligia se fue para siempre cuando cumplí cinco años. Se enamoró de un legionario y nunca más supimos de ella. Entonces fue cuando mi padre, que normalmente vivía guerreando en los lugares más apartados del Imperio, trajo a Teófilo a casa.

Teófilo me fascinaba con sus historias y relatos fabulosos. Él cumplía al pie de la letra las indicaciones de mi padre sobre mi educación: me enseñaba gramática y griego, me llevaba al Gimnasio y al Foro, donde el Senado celebraba sus sesiones. Desde los seis años, en silencio, con otros niños nobles, escuché debatir los grandes problemas del Estado, la administración del Imperio, los vaivenes de las colonias y provincias, las guerras y los tratados en los que entraba Roma. Quizá, allí aprendí a reconocer ese estilo grave y solemne que caracteriza a funcionarios, magistrados, militares y políticos del Imperio.

Al contrario que cualquier otro chico romano de mi edad, mis horas de recreo eran todas, es decir, las que quisiese. El haber perdido temprano a mi madre tuvo sus ventajas, pues no crecí bajo el dominio severo de una clásica matrona romana, responsable de inculcar en sus hijos el respeto por el poder absoluto del *pater familis*. En ese sentido, Teófilo cumplió a medias la misión que mi padre le encargó, pues mi maestro se preocupó por trasmitirme, más que el duro sentido romano de la disciplina, su preocupación y sed de libertad, a la que lo empujaba su condición de siervo.

El hecho de no haber conocido madre y tener a Teófilo tan cerca ha sido capital en mi existencia. Roma tomó muchas cosas de los griegos: usos, costumbres e instituciones, unas mejores que otras. Sin embargo, la peor de estas adopciones ha sido la de la familia espartana; esto es, el modelo de una sociedad en la cual todo estaba reglamentado exclusivamente para que los varones fuesen a la guerra. Así, las madres cumplían con su obligación de convertir el hogar en una especie de cuartel. Llegada la hora de entrar en el Ejército, los jóvenes no sentían o encontraban alguna diferencia entre la dura disciplina de los regimientos y los preceptos aprendidos en la casa. Creo que fui muy afortunado al escapar de la severidad de esas costumbres.

Teófilo me llevaba al Gimnasio porque consideraba que el desarrollo físico era importante para la salud en general, pero no como es de uso, es decir, como antesala para una posterior entrada al Ejército. Me repetía a menudo, y tenía razón, que la guerra y la muerte eran asuntos de buitres y gusanos.

Teófilo había nacido en Creta pero, como muchos otros griegos, se sentía un ateniense. Por supuesto, despreciaba a Esparta:

—Lo único que sabían los espartanos era comer, dormir mal y morir, ¿tú crees, amigo, que eso es la vida?

Y era mi ingenua curiosidad de niño la que le retrucaba:

—¿Qué es la vida, Teófilo?

—Algún día lo sabremos, Marcio. Cuándo tú seas mayor y yo no lleve estas cadenas— y señalaba el brazalete de cobre que lo distinguía como esclavo de la casa de Lucio Cornelio.

V

Lucio Cornelio, es decir, mi padre, quien vivía orgulloso de sus antepasados varones —todos habían muerto en alguna guerra—, estaba convencido de que Teófilo cumplía al pie de la letra sus indicaciones sobre mi educación. Un buen día, volviendo solo del Gimnasio, lo encontré hablando con Teófilo en una de las habitaciones de la casa. Mi presencia no lo cortó, siguió dirigiéndose a mi maestro, que lo escuchaba con la mirada en el suelo. Parecía que su atención se concentraba en las palabras de su amo. Pero no era así. La escena que tenía lugar en esos momentos, Teófilo y yo, nos la habíamos imaginado muchas veces. La voz de mi padre y su intensa seriedad en el rostro:

—Debo irme a la salida del sol. Quizás no retorne, pero te repito mi voluntad: el hijo de mi sangre debe vivir, ahora que ya se asoma a la edad de la ciudadanía, para proteger a Roma y el nombre de nuestra familia. Tú cuidarás de que sea un buen soldado. En el mismo momento que Marcio ingrese a filas, tú serás un hombre libre. He tenido cuidado en anotar todo esto en mi testamento.

Acabado su monólogo, nos invitó a beber vino. Fue la única vez que me embriagué al lado de mi padre, modelo de romano. Al día siguiente partía para Germania. Fue la última vez que lo vi.

VI

Puedo decir que mi padre murió en su ley. Debe haber caído con la certeza de haber visto cumplido lo más rutilante de su destino. Me explicaré mejor: murió en la misma Germania de la que alguna vez, hacía de ello casi diez años, había escapado milagrosamente de la muerte. Siempre vivió orgulloso y a la vez triste por ese episodio. Me contó tantas veces —y siempre con el mismo arrebato— lo sucedido, que en algún momento llegué a creer que yo había participado en él: la matanza de las legiones de Varo en Germania.

El asunto ocurrió durante el reinado de Augusto, época en que mi buena nodriza Ligia se esforzaba en enseñarme a caminar. Mi padre, Capitán entonces, servía a las órdenes de Varo, un

Comandante al que el Emperador había nombrado Gobernador de Germania. Varo era un buen soldado, valiente y estricto, pero carecía de otros dones. Carecía justamente de lo que Augusto le había demandado como tarea: sagacidad política.

Augusto quería ganarse, como había hecho con los judíos, la confianza de los rudos germanos. Deseaba que las tribus del Rin viesen a Roma como una nación aliada, no como opresora. Pero Varo no entendía las sutilezas de Augusto y trataba a los germanos con extrema dureza. Cobraba impuestos exagerados y se mofaba de los caudillos bárbaros. Sostenía que los germanos eran fuertes pero cobardes. El tiempo se encargaría de mostrarle lo contrario.

Germánico y Tiberio —el primero, padre del que sería el emperador Calígula; el segundo sería, él mismo, emperador— habían pacificado Germania por encargo de Augusto. Ambos fueron tan eficaces en su cometido que inclusive llevaron a Roma, como invitados no como vencidos, a algunos de los caudillos germanos que habían derrotado. Entre estos estaba Hermann, un guerrero audaz, fuerte e inteligente que muy pronto se ganó la admiración y confianza del propio Augusto. El Emperador, gran político, lo nombró caballero romano. Agradecido por la generosidad del César, Hermann prometió ayudarle en la tarea de romanizar el Rin. Promesa que, en verdad, el germano estaba dispuesto a cumplir, pero la estupidez y ambición de Varo hicieron que las cosas saliesen al revés. Los continuos maltratos que Varo hacía sufrir a los germanos empujaron a Hermann, jefe consciente, a tomar el camino de una rebelión que provocaría el más grande desastre militar de la historia de Roma.

Hermann, pese a ser constantemente humillado por Varo, no dejaba de acudir puntualmente ante la presencia del Gobernador. Inclusive, para cumplir protocolariamente el trato con Augusto, comía en su mesa y hacía como que ignoraba los agravios que Varo infería a su pueblo. Un buen día, Hermann comunicó a Varo la mala nueva de sendos levantamientos en dos diferentes zonas de la región. Los rebeldes germanos habían dado muerte a los recaudadores romanos de impuestos y sus respectivas escoltas. Según Hermann, se hacía urgente el envío de tropas para apagar en sus orígenes una sedición que podía extenderse. Varo picó el anzuelo. En lugar de estudiar con cuidado la situación, de inmediato, dividió sus legiones con el objeto de enviarlas a los focos de sedición. Hermann se ofreció a sí mismo y a sus hombres como guías de las tropas romanas.

VII

En asuntos de armas, los germanos jamás han sido rivales para los romanos. La razón es muy sencilla: nosotros formamos parte de una sociedad bélica en la que se ha dado prioridad a los menesteres de la guerra. Un Ejército profesional con personal bien entrenado y pagado. Además, el Ejército proporciona a muchos la posibilidad de enriquecerse a través del botín que se consigue luego de derrotar al enemigo. Los germanos, en cambio, no constituyen una nación, son una serie de comunidades de pastores que acuden a las armas por necesidad. Fuera de los caudillos y sus cortes armadas, estos bárbaros son gente que pasa el tiempo desarrollando labores. Es cierto también que cuando empuñan las armas son extremadamente agresivos y valientes, pero ello es quizás consecuencia de su condición de no profesionales: el que menos, desea demostrar valor e integrarse a las bandas armadas que constituyen las cortes de los jefes y caudillos. Ese aliciente los convierte en guerreros feroces cuando llega la hora de la acción.

Los germanos no tienen equipo material —catapulta, calderos, carros y torres móviles de asedio— ni personal calificado para una guerra larga: zapadores e ingenieros. Así, los romanos son invencibles en sus fortalezas de piedra. Fue por ello que Hermann tenía que ser lo suficientemente sagaz como para atraer a sus enemigos hasta una geografía donde esas diferencias técnicas se acortasen. Y lo hizo. Condujo a los romanos hacia bosques y pantanos, zonas donde los carros y la caballería perdían toda eficacia. Si sumamos a ello el clima y el desconocimiento del difícil terreno, el desastre de las tropas de Varo era inevitable.

El plan de Hermann se debe haber cumplido al pie de la letra. Los romanos, guiados por sus enemigos, fueron directamente al matadero.

En su camino hacia las supuestas zonas de convulsión, las tropas guiadas por Hermann acamparon una noche en el bosque. A la mañana siguiente, a la hora de pasar lista a las falanges, el caudillo germano había desaparecido. Pero no por mucho tiempo. Pronto reapareció en escena, mas no venía solo. Tras Hermann aparecieron millares de hombres de diferentes tribus que se habían unido para vengar los agravios sufridos. No quedó un solo romano con vida, ya que después de la masacre, al caer la noche, todos los heridos y prisioneros fueron sacrificados a los dioses germanos de los bosques, metiéndolos en bolsones de mimbre a los que se prendió fuego.

La segunda fuerza romana no tuvo mejor suerte. Los germanos cayeron en masa sobre ellos y no quedó sobreviviente alguno. Sin embargo, pese a esas victorias, los bárbaros las sabían inútiles mientras no tomasen la ciudadela de Colonia. Pero ello aparecía como una tarea imposible: Varo tenía una gran provisión de alimentos y armas; además, su retaguardia la constituían las aguas del Rin, lo cual obligaba a sus enemigos, en caso de hacerlo, a atacar frontalmente. Lo único que tendría que hacer Varo era esperar refuerzos de las provincias galas. Otro detalle: la gran masa de esas tribus germanas tenía que reintegrarse a sus labores agrícolas cotidianas. Hermann reunió a los caudillos para discutir la embarazosa situación. Pero justamente en esos momentos recibieron las buenas nuevas: Varo había abandonado la fortaleza y salía con el grueso de su ejército en busca de noticias sobre los dos cuerpos romanos desaparecidos.

Mi padre se enfurecía cuando contaba esto. Decía que lo que hizo Varo había sido, militarmente, una vergüenza. El General romano no solo carecía de plan, sino que tampoco sabía qué dirección tomar. Así, Varo se vio obligado a formar unidades de avanzada de cincuenta hombres, columnas de enlace de diez, y todo esto en terreno enemigo y desconocido. Como retaguardia, al cuidado de la ciudadela, quedaron setenta soldados bajo el mando del capitán Casio Querea, un hombre que con el tiempo llegaría a ser célebre en Roma.

Fue una lucha cuerpo a cuerpo, pero en una proporción de seis a uno. El desastre fue total para los romanos. Muchos, entre ellos el propio Varo, se suicidaron antes de caer en manos del enemigo. Mi padre, al frente de una treintena de soldados, logró quebrar el cerco y llegar hasta la fortaleza que custodiaba Casio Querea. Allí, los romanos resistieron durante tres semanas el constante asedio de Hermann. Luego, cuando los germanos aflojaron algo el cerco, mi padre, junto con media docena de hombres, salió hacia las Galias en busca de refuerzos.

Lo de mi padre y Casio Querea fue una hazaña en medio del desastre: todo un ejército sacrificado, la pérdida del territorio conquistado y, sobre todo, la captura por parte de los germanos de cuatro Águilas Imperiales —una de oro y tres de plata— los símbolos más apreciados del poder romano. Mi padre juró vivir para rescatar esas veneradas enseñas.

VIII

Lucio Cornelio, mi padre, murió atravesado de parte a parte por una lanza germana. Fue en el Elba, pero debe haber muerto feliz porque la compañía a su mando logró recuperar dos de las Águilas que le habían sido arrebatadas a Varo.

Tiberio, que había sucedido a Augusto, encargó a Germánico batir a los bárbaros y recuperar las preciadas Águilas romanas. A

Germánico le costó bastantes años culminar la tarea, pero al final su éxito fue completo. Me contaron, porque yo estuve ausente de Roma cuando sucedió, que el Triunfo que concedió Tiberio a Germánico fue grandioso, tanto que el desfile tuvo que iniciarse a cinco kilómetros de las puertas de Roma.

Cuando lo supe, pensé en mi padre: cómo le hubiese gustado participar en esa fiesta, la máxima alegría para un soldado como él. De cualquier manera, sus cenizas se velaban en el altar de la casa, al lado de un manuscrito del propio Germánico. El General romano, al morir mi padre, tuvo el espléndido gesto de mandar a casa sus cenizas junto con una carta en la que, ponderado el valor del muerto, aseguraba que los soldados romanos iban a recuperar las Águilas restantes, aunque se les fuese la vida en la empresa. Al final, la sentida profecía de Germánico se cumplió.

De alguna manera, el ser hijo de quien era me facilitó mucho el acceso a los personajes importantes de la Roma de esos días. Cierto es también que muchos se extrañaron de que yo no siguiese la huella de mis antecesores y me contentase con ser un simple funcionario del *Acta Diurna*. Pero eso no me preocupó demasiado. La muerte de mi progenitor terminó por convencerme de mi propia necesidad de vivir de manera distinta. Por lo demás, era joven y rico. Lo único que tenía que hacer era esperar, confiado, a que el destino me regalase alguna empresa inolvidable. Por lo pronto, en esos momentos, ya vivía otro sortilegio: la cercanía y el amor de Teófilo.

IX

Ya por esas épocas, Teófilo tenía una explicación razonable para el odio de los judíos hacia los romanos.

—Es una rabia de siglos, mi querido Marcio. Roma terminó en un solo día lo que para ellos iba a ser eterno. Solamente ha habido un romano a quien los judíos han respetado y ese ha sido el único hombre de mundo que ha tenido Roma: Julio César.

—Puedes tener razón.

Y Teófilo, por supuesto, la tenía.

Los motivos eran diferentes, pero con Teófilo coincidíamos en la curiosidad hacia lo que entonces todavía no había aparecido: la secta cristiana a la que se denominaba en Roma el "problema judío". Pero esa coincidencia no era gratuita. Detrás de todo, yo sentía un indefinible espíritu turbador. Roma, una urbe inmensa y cosmopolita, habituada a todas las costumbres, razas y religiones, y donde todo pasaba pronto de moda, o caía en desuso, se había dejado arrastrar por una extraña y combinada pasión: curiosidad-simpatía-odio hacia todo lo que provenía de Judea.

DE TRIUNFOS Y LAURELES

DE TRIUNFOS Y LAURELES

Todavía es de noche, pero es imposible dormir con el alborotador ruido que llega desde afuera. He corrido las cortinas de uno de los ventanales y he visto el desbordante gentío que se precipita sobre las calles de Roma buscando un buen lugar para espectar el desfile programado. Nunca ha habido tanta gente por estos barrios. No faltan los miembros de las comunidades extranjeras, sus llamativos atuendos los convierten en figuras fácilmente distinguibles. Ruidos incomprensibles se mezclan con cánticos, gritos y pregones. Es casi una atmósfera de fiesta que contagia de calor a la levemente fría brisa, que a estas horas parece desprenderse de las colinas de la ciudad. Ya me estaba olvidando, pero este despertar abrupto me hizo recordar que hoy es el día señalado por el Senado para tributar el Triunfo al victorioso Tito, el hijo mayor del emperador Flavio Vespasiano, que ha logrado restablecer el orden en la siempre conflictiva tierra de Palestina.

El día ya se define. Desde aquí me es posible distinguir unas de otras las colinas que sirven de fondo a la ciudad. La luz cada vez más creciente hace que edificios, casas y azoteas se concreten en su exactitud. Pienso que Vespasiano ha tenido suerte: es un día verdaderamente luminoso.

Sé que el propio Emperador ha participado directamente en la construcción del Arco del Triunfo. Los poderosos no pueden con su ego. Yo veo que este homenaje es una especie de salario que Vespasiano se paga a sí mismo. Él hubiese tenido que estar a la cabeza de esas legiones de Judea. Abandonó su puesto para tentar el poder. Apostó fuerte y ganó.

El homenaje a Tito —dicen que el mozo es un jefe extraordinario— por un lado es justo y hasta necesario, ya que la población romana, que ha sufrido tanto en los últimos años, se merece una fiesta. Pero, observando lo descomunal y costoso del Arco, me parece algo desproporcionado, si se tiene en cuenta que los derrotados judíos constituyen un pueblo minúsculo y con escasa tradición militar.

II

Una simple reflexión. El poder de Roma y de su Imperio en muy buena cuenta se lo debemos al Nilo. Este río que es una especie de océano de riqueza. Sus desbordes anuales, que inundan buena parte de Egipto, dan origen a una inigualada abundancia de alimentos. Y es que, luego de las inundaciones, las aguas que vuelven a su curso dejan una gruesa capa de limo llena de materias orgánicas. Ese barro es un fertilizante natural de mucho poder, ya que renueva y alimenta la productividad de ese suelo.

Por miles de años, estas tierras han producido abundantes cosechas sin necesidad de abonos. Los egipcios, lo único que han tenido que hacer es sembrar: hortalizas, cebada, trigo, algodón, lino. Esta fertilidad egipcia enriqueció al país, pues todos los demás pueblos tenían que ir a Egipto a comprar trigo para el pan. Allí se acumuló toda la riqueza de este mundo, lo que permitió a sus reyes levantar los monumentos más espectaculares que se han visto sobre la Tierra.

Roma no sería Roma sin el trigo y el grano que el Nilo nos proporciona. En el fondo, nuestros emperadores, para conservar ese tesoro de Egipto, se han visto obligados a conquistar a muchos pueblos insignificantes pero cercanos a ese emporio de riqueza. Se ha tratado de crear un círculo de hierro alrededor de Egipto. Pero esa idea estratégica de poseer el país del Nilo como condición para regir el mundo, ya la tuvo el macedonio Alejandro. Julio César la retomaría 300 años más tarde. Así, los políticos y militares romanos saben muy bien que el Imperio durará en la medida en que se conserve el país de los faraones.

III

La mañana, a medida que ha transcurrido el día, se ha hecho más celeste y luminosa. Tito y sus tropas, como lo estipula la ley, han tenido que pasar la noche fuera de Roma. Lo han hecho en un gran campamento levantado a poca distancia de las murallas de la ciudad. Pero no solo los legionarios han dormido fuera de sus hogares. Millares de ciudadanos han esperado la llegada del día a la intemperie. La idea de encontrar una ubicación preeminente para ser testigos del desfile triunfal de los guerreros ha empujado a miles de personas a trasnochar en los lugares menos imaginados: las partes más altas de las escalinatas de los templos de Venus, Cástor y Pólux; las gradas del Senado, la basílica de Julio César y cuanto edificio público o monumento adyacente al paso de la gran marcha. Al amanecer, un observador distante podría haber creído que se encontraba ante la vista de un gigantesco enjambre de abejas adherido a un fondo de lustroso mármol.

El sonido de las trompetas que llega hasta mis oídos anuncia que falta muy poco para el inicio del desfile de los vencedores. Aunque con desgana, suspendo este relato para ser testigo de la ceremonia.

IV

No deseo restar méritos al bravío Tito, pero creo que su padre —cada día percibo más su sagacidad— ha aprovechado muy bien la ocasión para alcanzar invisibles pero bien rentables dividendos políticos. Uno de esos propósitos es evidente: alegrar la fatigada humanidad del pueblo, conmocionado desde hace largo tiempo por tantas matanzas, luchas fraticidas e inseguridades. Vespasiano, con la deslumbrante organización de la fiesta, ha intentado también recomponer y soldar la bastante resquebrajada unidad de los romanos. Pero, ¿será posible unificar a una nación tan gigantesca como Roma, fomentándole el odio hacia un enemigo menor?

No pretendo recriminar la idea destinada a inculcar la creencia y confianza en un sólido y poderoso Imperio. Yo pongo los ojos, y mis dudas, sobre el método empleado por el Emperador: elegir el odio hacia los judíos como medio para devolver la confianza en la grandeza de Roma. El antijudaísmo es lo criticable. Pienso que Vespasiano ha elegido como punto de partida y refugio político algo que a la larga puede convertirse en una mortal trampa. Supongo que será el tiempo quien se encargará de decir si tengo o no razón.

V

Toda Roma debe de haber acudido a la convocatoria. Semanas atrás se iniciaron los preparativos: escoger y limpiar cuidadosamente las calles por donde pasaría la procesión. Y es que la capital es una ciudad todavía devastada por el tremendo incendio y las batallas habidas durante las guerras civiles que siguieron a la muerte de Nerón. Hacía mucho tiempo que no había lugar para la euforia y la alegría. Por eso, el Triunfo de hoy aparece como un acontecimiento extraordinario.

Una columna de trompeteros empieza el esperado ritual, saludando con su música a los vencedores. Acto seguido, los legionarios, empezando por su jefe, se desprenden de sus armas. Cumplido este protocolar gesto se alinean para entrar en la ciudad y recibir el homenaje popular.

Es en las puertas de Roma, al lado de las murallas servianas, donde se ha levantado el monumental arco calcáreo revestido de oro y plata. Precedido por una veintena de lictores y flautistas, es Tito el primero en cruzar el monumento que lleva su nombre, al mismo tiempo que cae sobre él una inmensa lluvia de perfumadas flores: rosas, jazmines y claveles cubren al arrogante general que hace el paseo sobre una cuadriga roja de caballos árabes. Erguido, vestido con una túnica púrpura y una corona de oro sobre la cabeza, en sus manos lleva un ramo de laurel y un cetro de marfil. Le acompaña en el carro, enlazada a su cintura, una cautivante mujer de aterciopelados ojos negros que sonríe con gozo a la rugiente multitud.

Es imposible apartar los ojos de ese cuadro. Tito parece un dios. La urbe entera se llena con un solo nombre:

—¡Tito! ¡Tito! ¡Tito!

VI

La mayoría de textos de Historia tiende a concentrar su atención e interés en los grandes reinos e imperios. En sus avances y retrocesos; en sus leyes, costumbres, dioses y batallas victoriosas. Lo normal es pasar por alto, olvidar las aventuras de las naciones y pueblos que no han destacado en grandes guerras. El curioso hábito de homenajear a los más fuertes. Esto quizás era una costumbre nacida de la propia autoestima, del ciego egocentrismo que, normalmente, acompaña a los poderosos y dominadores. Pero confundir extensión con grandeza puede ser una peligrosa devoción. Cuando se olvida la temporalidad de hombres e instituciones, no se prevé que tras el débil de hoy, se esconde el fuerte de mañana. Pasar por alto que el gigante del presente tiene, como cualquier cosa en la vida, un pasado minúsculo. En manejar estos conceptos —el mañana y el ayer— está la clave de la Historia. Y la Historia —aunque algunos necios afirman lo contrario— no se repite. Avanza o retrocede, creo.

VII

—¡Tito, pedazo de mierda, tú no eres un Dios!
—¡Tito, frecuentador de putas, esto es solo por hoy!
Los miles de legionarios que acompañan a Tito están exentos de las rígidas ordenanzas de la vida diaria, su función mientras transcurre el desfile consiste en recordar al vencedor, a voz en cuello, sus humanas debilidades. Convencerlo de que es un simple mortal. Lo repiten entre carcajadas:
—¡Tito, pedazo de mierda, tú no eres un Dios!
Pero no solamente desfilan los vencedores. Una larga marcha de vehículos tirados por bueyes, mulos y caballos transporta el botín: símbolos judíos, lámparas de oro y plata reposan sobre grandes fardos que contienen monedas del mismo metal. Miles de brazaletes, pulseras y collares; túnicas, alfombras y tapices con enigmáticos diseños. Soberbia mantelería, cueros y joyeros repletos de piedras preciosas. Dagas, espadas y puñales de reluciente oro. La multitud, por momentos, enmudece ante la vista de la riqueza saqueada por los legionarios. Sobre esos carros que marchan lentamente descansa toda la gloria material de los vencidos de Judea.
Tras el botín de guerra avanza una gran manada de animales: vacas, terneros, cerdos y cabritos destinados al matadero, y es que el Triunfo se cerrará con un gran banquete en honor a los combatientes.

Detrás de los animales continúa sin prisa otra procesión. Son los jefes enemigos. Encadenados por los pies y con expresión sombría, la fila de judíos se desplaza a empellones. Saben bien el destino que les aguarda. Miles de ojos resbalan sobre esos cuerpos hinchados y escasamente ataviados con taparrabos. Y llueve sobre mojado. El populacho lanza toda clase de desperdicios sobre la columna de derrotados. Los prisioneros, en su mayoría adolescentes, parecen llevar únicamente intacto el odio que escapa de sus ojos.

Pasado el mediodía, el gran cortejo se detiene en la parte del Palatino donde se alzan los majestuosos templos de Júpiter, Juno y Minerva. Allí, al lado de los recintos sagrados, es donde se ha levantado el estrado imperial que ocupan Vespasiano y su guardia de *corps*. En el instante en que el Emperador eleva en alto su brazo izquierdo cesa todo ruido humano. Los legionarios dejan de hablar, únicamente se percibe el tintineo de las armas de los pretorianos que velan por el orden, el relincho de los caballos y los mugidos del ganado. Incluso ha cesado la música de los flautistas. Sin esforzar la voz, Vespasiano se dirige a los allí reunidos.

—Soldados míos, compañeros: este Triunfo se lo entrega Roma porque ustedes no han combatido y vencido para satisfacer la ambición de un hombre. Ustedes han luchado por lo que pelearon nuestros antepasados: por nuestra urbe, nuestras familias y nuestros dioses. Ustedes han defendido el honor romano, la grandeza de nuestra herencia. Estoy convencido de que al entregar este Triunfo a mi hijo, nuestro general Tito, no hago sino interpretar la voluntad de los ciudadanos de Roma y los dioses que la protegen. ¡Salve Tito!

La urbe, terminadas las palabras de Vespasiano, se vuelve un solo clamor.

— ¡Salve Tito! ¡Salve Tito!

El vitoreado General, con los ojos entrecerrados, baja de la cuadriga y acompañado de la mujer deposita la ofrenda, parte del botín, en la puerta de los templos. Luego elige dos becerros, tres ovejas y media docena de palomas que entrega a los matarifes para que estos degüellen a los animales de inmediato. Concluido el sacrificio del ganado, Tito pide que traigan ante su presencia a los prisioneros. Y es en ese momento cuando se estrujan los corazones: uno de los cautivos, sacando fuerzas de su cansancio, escupe violentamente sobre el rostro de la bella muchacha que acompaña a Tito y, en mal latín, grita:

— ¡Maldita seas perra, ramera de los *kitim*!

Tan grande como su intrepidez es el infortunio del judío. Uno de los pretorianos, con un hacha de doble filo, decapita limpiamente al atrevido. La cabeza rueda por los suelos, mientras el cuerpo sacude los miembros como una horripilante marioneta.

Los demás cautivos no han tenido mejor suerte. Han sido llevados uno a uno hasta un consistente y modelado tronco, donde el verdugo los ha descabezado como si cortase tubérculos para la sopa.

Durante media hora el aire de Roma ha apestado a sangre. Las víctimas han sido obligadas a poner la cabeza sobre el bloque, apoyando la mejilla en la sangre de su predecesor.

Al concluir la matanza, dos esclavos recogen las cabezas en sendos bolsones de cuero y se los entregan a Tito. El joven General, impertérrito ante el hedor de la muerte, coge los macabros trofeos y con vigorosos movimientos los lanza como regalo al delirante populacho. Y empieza la desaforada fiesta popular.

VIII

Los judíos nos llaman a los romanos *kitim*. La palabra para muchos oídos, puede sonar peyorativa, pero no lo es. Los judíos, anacrónicos en sus ritos y costumbres, también lo son en el lenguaje. En sus más viejos escritos ellos empleaban el término *kitim* para nombrar a los habitantes de Kitión, es decir, la colonia fenicia de Chipre con la que ellos comerciaban. Kitión o Chipre era el centro comercial más cercano a Judea. Con el tiempo, *kitim* se amplió para designar a todos los fenicios. Cuando Alejandro Magno conquistó el Oriente, los judíos trasmitieron el término a macedonios y griegos. Posteriormente fue Pompeyo, y los romanos en general, quienes sustituimos a los helenos en la recepción del término.

IX

La guerra no es, como muchos creen, un asunto de azar o de justicia, sino de crueldad y poder. Se me hace difícil pensar, por muy rebeldes que los judíos nos parezcan, que sean enemigos mortales de los romanos. Aquí, creo, hay un enredo espantoso. El pueblo romano confunde a los judíos con los cristianos. No entienden todavía que "judío" y "cristiano" son dos términos independientes. No saben que en muchos casos los judíos y los cristianos son adversarios irreconciliables y que la mayoría de los judíos está más cerca de los romanos que de los cristianos. La muchacha judía que ha conquistado a Tito debe saber mejor esas cosas. Ella, por esos extraños itinerarios que tiene la vida, es hija de un príncipe judío que se educó y vivió aquí, en Roma, durante muchos años. Su padre era un hombre muy sagaz e inteligente, tanto que Calígula y después Claudio lo eligieron como consejero. Con el tiempo, Herodes Agripa llegó a ser Rey de Judea. Hombre levantisco e independiente, también se las tuvo que ver con los cristianos. Este Herodes Agripa murió repentina y dolorosamente de una extraña enfermedad. Sé que el tipo era un romanizado; sin embargo, con todo derecho, deseaba secretamente la independencia de los judíos. Como el emperador Vespasiano ha vivido en Egipto y Judea, debe estar aterrado con la presencia de la hija de Herodes Agripa en palacio. La muchacha, Berenice se llama, contradice las consignas de odio hacia los judíos y cristianos que se pretende inculcar entre el pueblo romano. Pienso que los días de la encantadora Berenice están contados. Son los juegos de la política, dicen.

X

La princesa Berenice, también hermana de Herodes Agripa II, último Rey títere de Judea, por sangre y tradición familiar ha tenido una vida absolutamente particular, fuera de lo común. Muchos de sus compatriotas la han tildado de ramera engreída de los romanos; sin embargo, creo que Berenice, al igual que la egipcia Cleopatra, ha odiado siempre a Roma. Yo creo que todos los miembros de la dinastía Herodes, hombres y mujeres, no han tenido otra alternativa que apoyar, aunque sea de mala gana, la formidable fuerza romana. ¿Qué otra cosa podrían haber hecho? Han sido seres muy pragmáticos. De no obedecer los dictados del Imperio, simplemente hubiesen desaparecido y otra familia habría tomado su lugar.

Calculo que la aversión que provoca Berenice entre la plebe judía, que también la considera una traidora, es más resultado del resentimiento y la ligereza de la pasión y la irracionalidad. Ella, al igual que Cleopatra, podría ser vista como una magnífica encarnación del enigma de la naturaleza femenina, que sirve tanto para iluminar una existencia como para destruirla sin reservas. Se sabe que Berenice, además de muy hermosa, es culta, sensible y emotiva. Cuando las tropas de Vespasiano y Tito invadieron Galilea, Berenice se retiró al desierto a vivir cerca de los esenios. Allí, en una comunidad ascética, se olvidó de su condición jerárquica y riquezas y se dedicó, vistiendo ásperas ropas, a ayunar y meditar durante varios meses. Luego, a raíz de la muerte del césar Nerón y la consolidación de Vespasiano en Egipto y Judea, como si la cosa no fuese con ella, la Princesa reapareció en Cesárea. En esa ciudad fortificada y muy cerca del espléndido palacio de Berenice se encontraba instalado el actual Emperador con su Estado Mayor. La bella Princesa judía se lanzó al torbellino de la política y, casi como calcando a Cleopatra, intentó seducir al afortunado y victorioso Vespasiano.

Vespasiano, que a la sazón acababa de cumplir 60 años, no era el genial pero impulsivo Julio César, ni tenía la dislocada cabeza del frívolo Marco Antonio. No, el pacificador de Judea más parecía un viejo y rudo campesino. Enemigo de las jerarquías cortesanas y de las formalidades en general, Vespasiano se había distinguido como un excelente comandante militar durante el reinado de Claudio, quien le encomendó parte de la pacificación de las Islas Británicas. Luego había sido nombrado cónsul, para finalmente recibir la gobernación de África, donde se desempeñó con discreción y eficiencia. En un imperio sacudido por la desenfrenada corrupción, Vespasiano había sido una especie de excepcional lunar: jamás usó de su posición o autoridad para alcanzar uno de los grandes sueños de su vida, ser un hombre rico. Ex militar, ex Cónsul, ex Gobernador, Vespasiano ya retirado de toda actividad pública se estableció con su esposa, Cenis, en la campiña familiar de Sabina, donde además de dedicarse a hacer lo que más le gustaba: cultivar la tierra, aprovechando sus buenas relaciones, se consagró a los negocios. Desgraciadamente, en ese ramo la suerte jamás lo había acompañado. Vespasiano anhelaba formar una gran compañía de transportes, pero por su aversión a visitar instancias burocráticas de Roma, la gran competencia y los malos vientos, terminaba siempre perdiendo dinero. Cuando Nerón, que desconfiaba altamente de los jefes militares de su entorno, sacó de su retiro a Vespasiano, este se encontraba fuertemente endeudado y con hipotecas sobre buena parte de su tierra. De otro lado, el viejo General, que alguna vez había atravesado el Foro sobre un carro triunfal y vestido con la toga de los cónsules, una vez comprobados sus fracasos como negociante, había recibido un apodo: El Transportista. A un hombre así, pues, que sentía que su único lugar estaba en la campiña, Berenice nunca podría seducirlo. Todos los revoloteos cargados de sensualidad de la princesa judía se encontraban con el fruncido ceño de El Transportista. Aunque seguramente golpeada en su vanidad, la muchacha parecía empecinada en acudir a una cita con la historia. Tito podría abreviar el largo y duro camino.

XI

A pesar del ambiente de fiesta y del convencimiento ciudadano de que Vespasiano devolverá a Roma sus días de grandeza, hay quienes sienten que el aire de la urbe está enrarecido por las medidas que el Emperador ha tomado en contra de los judíos: altas tasas de impuestos, confiscaciones y prohibición de la práctica de su culto al dios invisible. Calculo que los judíos mirarán, con razón, al Emperador como a un tirano abusivo y despiadado. Pero aquí viene lo paradójico, la mayoría de estas medidas no han sido idea de Vespasiano, sino que le han sido sugeridas por su consejero personal, Flavio Josefo, un ex sacerdote y escritor judío que luego de haber conducido el levantamiento armado de los galileos, se convirtió en la eminencia gris del General de los ocupadores romanos que llegaría a subir al trono del Imperio. Este Flavio Josefo, cuyo verdadero nombre es Josef Ben Matatías y que en la actualidad escribe para Vespasiano una historia de los judíos, también ha sido implacable con los miembros de la secta cristiana. Extraño destino el de este hombre en el que se retratan las dos tonalidades del alma humana: primero redentor y luego verdugo de su propia gesta. Dicen que Vespasiano también mantiene una relación ambivalente con el ambicioso judío que, sin pensarlo dos veces, escogió el nombre de la familia del Emperador, Flavio, a la hora de hacerse ciudadano romano. Los que conocen los entretelones de la corte, sostienen que Vespasiano admira la inteligencia de su asesor y consejero, pero a la vez desconfía de ese hombre con tanta sombra en el alma. Esta especie de rechazo de Vespasiano se refleja en el hecho de que jamás pronuncia el nombre romano del judío, siempre lo llama Josef.

—Señor, si no quieres declinar debes dotar a tu Imperio de una flota diestra y arriesgada.

—Sí, tienes razón Josef, con una flota así podremos llegar a los rincones más remotos. Debemos mirar a la historia y aprender de los fenicios, pero lo que me asombra es tu cabeza, tu cerebro que no cesa jamás de maquinar contra los judíos.

Sin dejar de sonreír y con las manos cruzadas sobre el regazo, Flavio Josefo suelta sus palabras:

—Ya es tiempo, César, de que el pueblo judío te reconozca como el esperado Mesías.

Vespasiano niega con la cabeza y hace entonces el ademán de marcharse, pero antes pregunta:

—¿Lo crees tú, Josef?

—Con toda mi alma —contesta Flavio Josefo.

Los judíos de Roma, Jerusalén y Alejandría odian al tránsfuga Flavio Josefo. Los entiendo, pues ese hombre es el instrumento del que se sirve Vespasiano para tomar sus ingresos y sus ahorros, también, en muchos casos, sus vidas. Por causa de ese judío ha empezado un nuevo período de dispersión. Sin embargo, yo me explico a ese hombre de otra manera: me parece alguien cuya vida se desliza por un laberinto sin salida. Vencido militarmente, la derrota también llegó a su espíritu, ya no hay en él lugar para más sufrimientos, por lo que ha decidido olvidar. Olvidar no es ignorar o desconocer, es simplemente no pensar en el ayer.

Muchas veces he meditado sobre la figura del asesor judío de Vespasiano, a pesar del aparente poder que le da su situación, no lo envidio. Yo, en su caso, luego de haber sido leyenda, modelo y vencedor, me hubiera despojado de la existencia. No resistiría ser siervo luego de haber sido señor. Flavio Josefo, romano después de haber sido judío, debe tener el alma como asaetada, como todos aquellos cuya única aspiración es vivir a cualquier costo.

—A veces es muy difícil entenderlo, Josef.

Vespasiano jamás se cansó de repetirle esa frase a su asesor y consejero. Y, así como en una representación teatral, el ex judío invariablemente tenía más o menos la misma respuesta.

—Un hombre tiene la obligación de empezar una vida nueva cuando llega a la certeza de que su vida anterior ya no sirve para nada. Hay que saber dar la espalda a lo que uno ha sido.

Clarividente como pocos de los oscuros funcionarios que rodeaban a Vespasiano, Flavio Josefo, al persuadir al Emperador sobre las necesidades romanas de contar con una gran flota marítima, le proporcionó una solución al problema de la caja fiscal que estaba exhausta luego del período de anarquía sucedido a la muerte del césar Nerón. Galba, Otón y Vitelio no solo se enriquecieron con el tesoro público, sino que se vieron en la obligación de hacer grandes obsequios y dádivas para comprar efímeras lealtades de los cortesanos de siempre. Y por si todo ello fuera poco, los gastos producto de las guerras civiles dejaron a Roma prácticamente en la bancarrota. Volver a llenar esas arcas, cuidando de no soliviantar al pueblo con nuevos impuestos, era uno de los problemas del reciente emperador Vespasiano. Flavio Josefo iba a fijar la puntería en los judíos.

XII

Soy de los que creen firmemente que si Roma logró consolidar su Imperio en pocas décadas, ha sido gracias a su vocación terrestre. Griegos y fenicios, por su parte, encontraron en el mar su elemento natural. Ningún instinto empuja a los romanos hacia el mar, somos, creo, gente de tierra adentro que nunca se ha sentido atraída por el arte de la navegación. Pese a ello, algunos romanos como Julio César y Augusto no cerraron los ojos a algunas lecciones venidas del mar y consagraron parte de su tiempo a crear flotas permanentes. Ahora bien, tanto César como Augusto, a sabiendas de la escasa disposición de los romanos hacia la náutica, enrolaban piratas y bandoleros del mar, sicilianos, dálmatas o cartagineses, para conformar la oficialidad de las naves de guerra usadas ya para el combate o como protección de los navíos que transportaban las remesas de granos necesarios para la alimentación de Italia. Estos barcos de transporte también eran usados en el servicio de pasajeros, las más de las veces comerciantes y turistas. La posición de distancia del romano con el océano nunca ha cambiado y, si bien muchos poetas cantan a Neptuno y su cortejo, ello se explica porque nuestros artistas en su mayoría son discípulos del pensamiento helénico.

Nuestra tradicional quietud frente al mar ha tenido una previsible consecuencia: han sido extranjeros quienes se han encargado de todo lo concerniente a ese rubro y, claro, con el tiempo, los armadores griegos y judíos han acaparado todos los negocios relacionados con el mar. Roma, es cierto, tiene una flota considerable, pero ha sido comprada a helenos y hebreos que, dicho sea de paso, se han enriquecido considerablemente, ya que no hay navío sobre el *Mare Nostrum* que no lleve el sello de origen de sus diestros constructores. El mar, es cierto, es nuestro, pero no hay operación comercial o militar que no deje algún tipo de ganancia a estos armadores y comerciantes. Y se da el caso de que griegos y judíos, enemigos tradicionales, olvidan por completo sus diferencias y rencillas a la hora de hacer sociedades marítimas. Nadie puede resistirse a las tareas que el destino le asigna: Josef Ben Matatías o Flavio Josefo, judío verdugo de judíos, convencerá al emperador de la necesidad de expropiar y confiscar las propiedades de los hebreos. Roma solucionará sus problemas económicos y tendrá en perspectiva la mayor flota de la historia.

XIII

Las tropas triunfantes, luego del degollamiento de los prisioneros judíos, se dispersan por la ciudad. Toda Roma está envuelta en una orgía de ebriedad. Se han repartido cereales y raciones gratuitas de vino. Al caer la noche, una larga procesión de antorchas encendidas, un grupo de músicos y una multitud de ciudadanos, llegan hasta el Palacio Imperial para vitorear a Tito y a la bella Berenice, que han salido a los balcones para responder al saludo popular. El romano y la judía parecen dos seres poderosos y libres. Pero no lo son.

XIV

No es bueno apurar los términos, pero diría que esta especie de entroncamiento entre judíos y romanos se dio desde el comienzo de nuestra instalación en Judea y ha asumido los más diversos matices. El actual contacto entre Vespasiano y Flavio Josefo es un ejemplo de esta extraña relación. El escritor y sacerdote judío, luego de combatir a muerte al romano, se convirtió en su más ferviente seguidor, hasta tal punto que, contrariando todas las reglas de su raza, contrajo matrimonio con Mara, una joven judía que fue concubina de Vespasiano durante su campaña en Judea. Ignoro los sentimientos que despiertan los judíos en los romanos, pero debo anotar que en los últimos tiempos no solamente han sido Vespasiano y su hijo Tito quienes se han sentido embriagados por el atractivo de las mujeres judías. Se supo que durante el sitio y conquista de Masada, operación a cargo del general Flavio Silva, este tomó como amante a una judía, Sheva, de quien al final se enamoró y a la que decidió desposar. Pero ella, que asimismo amaba al General romano, cuando llegó a Masada y presenció la inmolación de los judíos, se abrió las venas. Cuando Silva, agotado por la dura faena, volvió a su tienda, su amante yacía muerta en el lecho.

XV

—Sí, conozco algo de las estrellas que llevan mi nombre.

Berenice habla como estimulada por las caricias y la mirada de Tito. El romano parece embrujado por la poderosa belleza de la princesa judía. Un cutis maravillosamente dorado y casi transparente. Ojos hondamente negros. Exótica. Los rasgos de Berenice tienen una delicadeza que no se encuentra entre las mujeres romanas. Ante su cabellera, de un negro intenso y de reflejos azules, el vencedor de Judea parece una indefensa criatura. Y habla con un tono como de súplica.

—Tiene que ser una historia preciosa, Berenice...

La muchacha, llena de confianza en sí misma, ríe y, sin dejar de observar el ardor de los ojos de Tito, bebe un trago de vino de su copa. Habla.

—Berenice era el nombre de una princesa cirenaica que se casó muy joven con Ptolomeo III, faraón egipcio. Se amaban intensamente, pero Ptolomeo debió ir a guerrear a Siria. Berenice, desesperada, tuvo pesadillas. Noches horrorosas en las que, en medio de las tinieblas, veía cómo Ptolomeo era despedazado por un carro sirio. No sabía qué hacer y se dirigió al Templo de Isis. Y la Diosa habló. Si Berenice deseaba cambiar el destino de su marido, tenía que ofrecerle lo mejor de sí misma. Berenice lo hizo. Cogió unas tijeras y se cortó su larguísimo y deslumbrante cabello negro. Al día siguiente, la cabellera que había sido colgada en el altar desapareció. Pero había una explicación, el sacerdote Conone, que además era astrólogo, afirmó haber visto la cabellera volando rumbo a ese conjunto de estrellas que parecen cristales los días de luna llena. Desde entonces, los egipcios llamaron Berenice a esa constelación. La diosa Isis cumplió su promesa. Ptolomeo volvió sano y salvo.

Cuando Berenice termina su historia, ya Tito no tiene ojos para ver o aliento para hablar, sólo el irreprimible deseo de introducirse en ella y convertir sus cuerpos en uno solo. Sentir que sus apetitos se funden con los de la muchacha, como la noche y las estrellas.

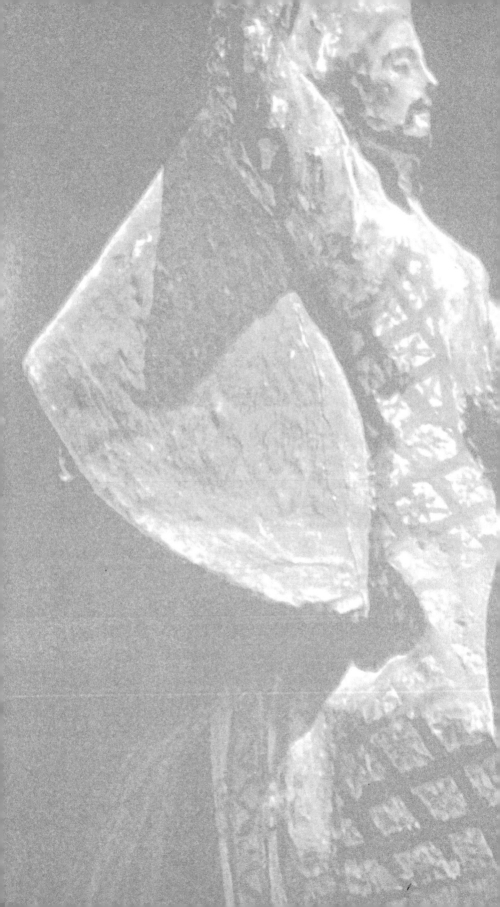

TODOS LOS CAMINOS
LLEVAN A JUDEA

TODOS LOS CAMINOS LLEVAN A JUDEA

—El mundo es una colonia griega.

Esa frase la soltaba Teófilo como comentario normal a la lectura de algún libro. Una chispa de sorna y malicia sobre sus ojos acompañaba casi siempre su explicación.

Sin embargo, cuando cogía la Biblia, el libro sagrado de los judíos, cualquiera podía percatarse de su mal humor. Movía la cabeza negativamente, escupía sobre el piso y levantaba la voz.

—No puede ser. No entiendo cómo esta gente puede creer que el mundo y todo lo que existe es obra de un solo Dios. Todopoderoso y Justo, le llaman. No entiendo. Todopoderoso y Justo. En ese caso, ese Dios sería griego. Esto es casi una locura.

Y dejaba de hablar. Lo único que se sentía era su agitada respiración. Entonces era yo quien rompía el silencio.

—Lo que pasa, querido, es que eres una persona muy sensible a la razón. Y a veces, déjame suponer, la razón podría no servir para nada, salvo para complicarte la existencia.

—Tonterías —y retornaba al libro y a sus agrios comentarios.

II

Roma es la mayor urbe que el mundo conoce. Una ciudad inmensa y cosmopolita. El censo realizado en época de Claudio arrojó una cifra cercana a los dos millones de habitantes. Un número impresionante que si bien reflejaba el poder del Imperio, también era un signo de que estaban ocurriendo algunos cambios. Detrás del crecimiento demográfico había factores que llegaron a preocupar seriamente a dos emperadores, Tiberio y Claudio: las minorías extranjeras. Y es que griegos, egipcios, sirios y judíos, juntos, eran mayoría sobre la población romana.

Temerosos de una invasión extranjera desde adentro, Tiberio primero y Claudio después, tomaron sigilosas disposiciones. Todo esto lo sé porque, como funcionario del *Acta Diurna*, tuve acceso a muchos documentos oficiales reservados.

Tiberio, aconsejado por su adjunto, Sejano, tomó algunas medidas de fuerza que, por supuesto, disfrazó con razones políticas y religiosas. Claudio fue más sagaz y manifestó abiertamente la necesidad que tenía Roma de volver a los tiempos en que la familia constituía el mayor bien del Estado. A ese respecto, dictó leyes para estimular la procreación en los hogares romanos. Pero también, como Tiberio, hizo uso de la fuerza para intentar evitar la expansión extranjera. Centró su objetivo en la colonia judía.

En un principio, los griegos constituyeron la mayoría entre los extranjeros de Roma pero, pasado un tiempo, fueron los judíos quienes ocuparon ese lugar. Era una colonia laboriosa, con bastantes comerciantes, artesanos y médicos entre ellos. No había mucha gente rica, pero si estaban muy unidos a causa de su extraña religión.

III

Quizás todo empezó con la conquista de Jerusalén por Pompeyo. El General romano aprovechó un sábado —día en que como homenaje a su Dios, los judíos no realizan tarea alguna— para lanzar su ataque central contra la venerada ciudad. En esa campaña de Judea murieron no menos de diez mil hebreos. Pompeyo, indignado por la fanática resistencia de ese pueblo minúsculo, pero también lleno de curiosidad por observar a un Dios que despertaba tan grandes gestos de lealtad por parte de sus creyentes, quiso humillar al enemigo y penetró a caballo en el Templo de Jerusalén; para su sorpresa, lo encontró vacío.

Pompeyo no era Julio César, es decir, no estaba preparado para entender la psicología y el espíritu de los pueblos. Pompeyo era solo un soldado afortunado que se alimentaba de un vicio generalizado entre los poderosos: la codicia. En su ceguera y soberbia, pensó que los judíos se habían burlado de él cuando el incidente del Templo, así que los castigó con fuertes cupos e impuestos.

Más tarde, otro conquistador, Craso, usando como pretexto el hecho de que algunos hebreos habían colaborado con los partos en una de las insurrecciones de estos contra Roma, saqueó el Templo de Jerusalén y cargó con una inmensa fortuna en dinero y objetos valiosos. El que llegó después, Casio Longino, lugarteniente del mismo Craso, no encontró ya qué llevarse, pero práctico en los menesteres del rápido enriquecimiento, reunió veinte mil judíos y los vendió como esclavos.

Estos episodios y memorias se unían en los hebreos, formando un trasfondo de rechazo y odio a lo romano. Y, si a ello sumamos la propia intolerancia judía en materia religiosa o filosófica, la rebelión no era sino una cuestión de tiempo. Solamente un milagro, o un estadista genial, podrían haber evitado la cruel avalancha de sangre que se preparaba.

Aunque con diferencias de tiempo, ambas cosas sucedieron: el estadista genial fue Julio César. Y el milagro vino encarnado en la persona de un predicador nacido en la aldea de Belén, Jesús Ben Josef, más conocido como el *Cristo*. *Cristo* o *Chistos* es un término griego cuyo equivalente en lengua hebrea es *mašiah,* en arameo es *mesiha,* la palabra bien puede traducirse como "ungido". En los viejos códigos judaicos *el ungido* es el Rey que salvará a los israelitas de la esclavitud. Los doctores de la Ley, judíos, rabinos, probablemente para evitarse problemas con la autoridad romana, señalan que *mešiah,* simplemente, significa Hijo del Padre. El pueblo hebreo entiende y acepta muy bien esa sutileza de sus sacerdotes.

IV

Pero el caos, la violencia y la rapiña sobre Judea no eran sólo el resultado de la codicia y ambición de algunos cónsules y generales, sino que se trataba del reflejo de lo que ocurría en una Roma que vivía los últimos días del sistema republicano. Fue en esos momentos cuando apareció la figura de Julio César, el único entre los poderosos que conseguía analizar la Política y la Historia sin permitir interferencias de sus propias inclinaciones personales. César remodeló el mundo y estableció las bases de la grandeza de Roma. Sagacidad, estudio, flexibilidad y coraje. Pero, sobre todo, fue un visionario de buena voluntad para con los pueblos conquistados. Conocía por igual la psicología de francos, germanos y britanos —sobre quienes escribió descriptivos tratados— y, como sostenía Teófilo, logró ganarse el respeto de los judíos, hasta tal punto que, cuando murió asesinado, los hebreos lo lloraron como si hubiese sido uno de ellos.

Y es que Julio César, con clara visión de futuro y dotes de gobernante justo, exoneró a los judíos de los abusivos tributos impuestos por el descreído Pompeyo. Conocedor de las reacciones humanas, arriesgó y ganó, con una jugada que no concebían los propios judíos: retiró las guarniciones apostadas en los pueblos de Palestina y dispensó a la población de la obligación de servir en las legiones romanas:

—Yo no quiero que alguien defienda Roma contra su propia voluntad. Roma desea ser defendida por hombres libres.

Luego, no fue casualidad, cuando bloqueado en Alejandría por las fuerzas combinadas de Pompeyo y el egipcio Ptolomeo, acudiese en su auxilio un cuerpo de judíos mandados por el etnarca Antípatro, padre de quien luego sería el rey Herodes el Grande.

Julio César no dejó impaga esa deuda de lealtad: permitió que los judíos viviesen en Roma de acuerdo con sus leyes y costumbres, y terminó de sellar esa amistad reedificando las murallas de la vieja Jerusalén.

Los judíos pues, gracias a Julio César, se establecieron en Roma. Al principio, casi nadie reparó en ellos, pero con el tiempo algunos hábitos —el descanso sabatino, no comer carne de cerdo y su religión con un Dios invisible y sin representaciones o alegorías— resultaron prácticas bastante exóticas para nosotros. Más tarde, ya muerto Julio César, la suerte cambiaría para los judíos.

V

Ya no se practica esta costumbre, pero antes, cualquiera que fuese el Estado, ciudad o reino conquistado, lo primero que hacían los soldados romanos era apropiarse de los dioses locales y traerlos a Roma. Con ello, dejando sin dioses a los vencidos, estos carecerían de protección. De ahí los temores de Pompeyo en el Templo de Jerusalén: al no haber logrado hacer prisionero al Dios de los judíos, pensaba que estos planearían un desquite.

Como es de imaginarse, en Roma se han adorado todo tipo de dioses y los ciudadanos fueron normalmente tolerantes y hospitalarios para con las prácticas religiosas de los extranjeros. Pero bien pronto hubo una excepción: la religión de los judíos.

Los judíos, a diferencia de otros creyentes, no tenían templos en la urbe, solamente se reunían entre ellos y leían el sagrado libro de su religión. Se sabía que cuando deseaban ponerse en contacto directo con su Dios, tenían que hacer el largo viaje hasta Jerusalén, donde se encontraba el único Templo. A los ojos del pueblo romano eran muy extraños, ya que no mostraban el menor interés en ganar adeptos para su religión. Como se consideraban el pueblo elegido y no tenían cuidado de mostrar su desdén por las otras creencias, se les empezó a ver como arrogantes. Con ello, llegaron la desconfianza, las habladurías y los chismes. Fruto de esto surgieron despreciables leyendas en torno a su religión y costumbres. Y no hubo quién tuviese interés en desmentirlas.

Las clases superiores, políticos e intelectuales, influidas por el racionalismo griego, despreciaban a los judíos. No se comprendía su diferencia política y el rechazo a dos disciplinas tan caras para los romanos: la escultura y la anatomía. Es claro también que la austeridad de costumbres y su moral rígida provocaban un rechazo de esa sociedad que cada día se inclinaba más por una vida de placer. Así las cosas, bien pronto se aceptaron como verdades indiscutibles algunas patrañas que empezó a hacer circular el griego Apión. Se aseguraba que, una vez al año, los judíos raptaban un niño griego, a quien primero cebaban para luego matarlo y comerse las entrañas. El mismo Apión sostenía que los rabinos eran brujos y que lo que se veneraba en el Templo de Jerusalén era una cabeza de asno toda de oro macizo, de un valor incalculable.

VI

Los judíos señalan que el centro del mundo es la Tierra de Israel y que el centro de ese país es Jerusalén. La mitológica cadena continúa: en el centro de Jerusalén se encuentra el Templo, en cuya parte central se halla el *Sancta Santorum*, el ombligo del mundo. Santuario de los Santuarios. Así lo afirmaban los fanáticos creyentes del Dios invisible.

En verdad, si se quiere, la tinta de esa historia está fresca, data de hace aproximadamente mil años, época en la que el rey David, unificador de las tribus judías a través de la religión, arrebató la ciudad de Jerusalén a una vieja tribu sirio-palestina, los jebuseos. David, gran estratega político-militar, hizo de la ciudad la capital de su reino e ideó la construcción de un monumental único templo donde se guardaría el Arca de la Alianza, un extraordinario armario de madera a través del cual, según la extraña religión, Jehová —el Dios invisible— se comunicaba con su escogido pueblo. David eligió la colina de Sión para levantar el santuario. La muerte le llegó al conquistador de Jerusalén cuando apenas había mandado colocar los cimientos del grandioso edificio.

VII

Fue Claudia Prócula, la delicada esposa del procurador Poncio Pilatos, quien durante mis días en Jerusalén me narró la historia completa de ese Templo, al cual acudían judíos de todas partes del mundo. Claudia Prócula, quien inclusive cultivó una gran amistad con el mago Jesús, llegó a convertirse en una experta en lo que se refiere a supersticiones judías. Por ella pues, supe que Salomón, hijo y heredero del rey David, terminó de construir el Templo de Jerusalén. Fueron siete años de duros trabajos en los cuales se emplearon maderas de cedro y ciprés, y a lo largo de las paredes de piedra cubierta se colocaron finos candelabros de oro. En el *Sancta Santorum* y tras un cortinaje que la ocultaba de las miradas curiosas, se encontraba el Arca de la Alianza, el armario revestido de oro sobre el que estaban fijadas dos figuras de querubines también de oro. En el interior de ese gran cofre, los judíos guardaban un vaso, igualmente de oro, que contenía restos de un cereal al que denominaban *maná*. La última reliquia de ese santuario era un tosco madero que había sido revestido del áureo metal y que se aseguraba había pertenecido al primer sacerdote del culto a Jehová, un hombre llamado Aarón. El formidable Templo de Jerusalén se mantuvo en pie por cuatro siglos, hasta que el gran Nabucodonosor de Babilonia conquistó Judea, tomó Jerusalén y destruyó el Templo luego de confiscar para sí los valiosos objetos del culto judío.

El monarca caldeo, un hombre sumamente refinado, redujo hasta la insignificancia el trabajo de unificación realizado por el rey judío David. Nabucodonosor ejecutó a los herederos del trono judío y desterró a las clases gobernantes —autoridades religiosas, hacendados, administradores e intelectuales— a Caldea. Diseminados sus habitantes por los valles del Eufrates y el Nilo, la nación fue descabezada. En Judea solamente quedaron campesinos sencillos y analfabetos. Nabucodonosor buscó a un judío, Godolías, para que gobernase en su nombre la nueva provincia caldea.

Los judíos volvieron a su tierra luego de ciento cincuenta años de exilio y construyeron un nuevo Templo, modestísimo comparado con el destruido por Nabucodonosor. Pasaron algunos siglos antes de que el rey Herodes, protegido de los romanos, levantase el nuevo Templo, que llegó a considerarse el edificio más hermoso de Oriente. Para los judíos de todas partes, ese Templo constituía su verdadera patria, la razón de sus vidas y la inagotable fuente de su fuerza e inteligencia. Dondequiera que estuviesen, los creyentes de Jehová rezaban volviendo el rostro a

Jerusalén. Creían que sólo en el recinto del Templo la tierra era sagrada. Los judíos que residían en el extranjero deseaban que fuesen enviados allí sus restos. Los hombres estamos en condiciones hasta de hacer cálculos sobre los movimientos de los astros y leerlos, pero no podemos ni medir ni descifrar los alcances de la locura humana. ¿Cómo fue posible que haya sido un judío el principal incitador de la destrucción de ese santuario tan cargado de significaciones? Nunca, creo, los judíos tuvieron un enemigo más puntual. El crimen de ese hombre es mayor que toda la carnicería realizada durante la guerra.

VIII

Creo que ni tengo que decirlo: he amado lo griego, siempre. Desde que tuve uso de razón, me he sentido y comportado como un greco-romano. Y es que me ha sido evidente que fueron los helenos quienes más se han preocupado por desentrañar los misterios del Universo y la propia conducta humana. El epicureísmo y el estoicismo son las filosofías que más me han atraído. Ambas doctrinas pugnan por evitar el sufrimiento y el dolor en el género humano. La amistad, el afecto, el compañerismo y el raciocinio propio pueden ayudar al hombre más que cualquier dios o imagen divinizada. Eso enseñan los griegos. Buena parte de lo que soy lo he recibido de Teófilo, producto de su infinita generosidad, resultado de la visión que tenía de la vida. Sin embargo, pese a su grandeza, mi maestro no pudo sustraerse del todo de la arrogancia altanera que suelen tener muchos griegos ilustrados: ellos siempre han considerado que su cultura es la única cultura. La verdadera. En este aspecto son similares a los judíos, para quienes, fuera de su fe, las demás creencias no les merecen ningún respeto. El mundo es una colonia griega.

—Todo esto es grotesco, alguien debiera demostrarle a los judíos que sus héroes no existen, que son una simple copia de los griegos. Este maldito libro está lleno de plagios. No tienen ningún respeto por el pensamiento del hombre: ¡pueblo elegido!, Dios único!… La verdad es que desconsuela saber que esa idea del Dios único y creador de toda perfección fue manejada por Sócrates hace cuatrocientos años, durante los tiempos en los que los atenienses buscaban una explicación racional a la vida. Entonces, esa idea socrática pudo ser vista por algunos discípulos como una innovación, pero eso ya ha sido superado. La ignorancia, no lo puedo evitar, me llena de rabia. ¡Esos judíos arcaicos!

Ya era una manía. Cada vez que Teófilo leía la Biblia judía se enfadaba, a veces hasta llegar al abatimiento. Era su carácter y su orgullo, pero bastaban unas breves palabras para hacerlo recapacitar.

—El mundo es una colonia griega, Teófilo. No debieras resentirte tanto porque alguien cree que su dios es el único…

Mi amigo reaccionaba bien ante el golpe.

—Sí, a veces pienso que la única sensatez reside en el silencio— y empezaba a acariciarme con ternura.

IX

Estábamos en Roma en tiempos de Tiberio y lo principal para mí era elaborar una especie de informe sobre las noticias que llegaban de Oriente. Las más preocupantes, y eso ya se convertía en lo habitual, provenían de Judea, donde la mayoría de autoridades romanas sospechaban que grupos armados de extremistas judíos preparaban una revuelta general. Las informaciones siempre eran algo confusas, sin embargo, tenían un impacto cierto: avivaban la hostilidad ya existente en contra de los hebreos. Y fue justamente en esos momentos cuando se produjeron en Roma dos episodios que sirvieron de pretexto y justificación para que Tiberio emitiese un decreto a través del cual se prohibía "la práctica de supersticiones extranjeras".

Pese a que no se citaba en el edicto ninguna religión, era evidente que esa disposición, fraguada entre Tiberio y su consejero Sejano, abría un nuevo capítulo en la lucha contra los judíos y sus costumbres.

X

Roma, desde el gobierno de Julio César, empezó a cambiar velozmente. Junto con la grandeza material llegaron los cambios en los hábitos y costumbres. La gente, particularmente la nobleza, prefiere el circo al teatro. La población se divierte más y son las mujeres las que de alguna manera dictan los usos y las modas. Y todo esto es natural si pensamos que ellas cada día tienen más poder y riqueza. Cosa normal, si se quiere, en una sociedad donde los hombres son diezmados a causa de la guerra. Cada día hay más viudas jóvenes y ricas en Roma. Y todas sueñan con emular a la reina egipcia Cleopatra.

Cuando Julio César trajo a Cleopatra a vivir a Roma, la egipcia no solamente viajó con sus libros predilectos, sino que también su agitada manera de vivir dejó honda huella en las costumbres de las mujeres. Las antiguas romanas se dedicaban por entero al hogar y los hijos. Hoy prefieren no tener descendencia y consagrarse a lucir atractivas y a frecuentar salones donde se discute de arte y filosofía. No hay mujer noble que no tenga, al menos, cuatro esclavas al servicio de su belleza. Tijeras, peines, navajas, cremas y perfumes atestan los armarios de las damas. Las termas rebosan de mujeres que luego de bañarse se hacen aplicar severos masajes sobre sus cuerpos. Todavía, buena parte de la leche que se consume en Roma es usada para lo que Cleopatra llamaba sus "remojones de tersura". El viejo orgullo de las madres que amamantaban a sus hijos es un fastidio y, por lo tanto, tarea de esclavas. Las damas de la nobleza fueron las primeras en abandonar el tradicional calzado romano, las sandalias, para usar zapatos enjoyados y de altos tacones. Los peluqueros —en su mayoría sirios y egipcios— hacen verdaderas fortunas contando fábulas exóticas mientras peinan a las damas de la aristocracia romana.

XI

Era la época. En medio de ese período de cambios, las mujeres se sentían fascinadas por el misticismo de las religiones orientales. El judaísmo y otros cultos misteriosos les atraían sobremanera. Así las cosas, no tardaron en aparecer charlatanes y estafadores que se aprovecharían de esa moda femenina.

Dos judíos no creyentes abrieron en Roma una "escuela de judaísmo" a la que, como esperaban sus creadores, no tardaron en frecuentar muchas matronas romanas. Allí se leían las escrituras, se comían algunos platos exóticos y, sobre todo, se recolectaba dinero "para el Templo de Jerusalén".

De alguna manera, los miembros de la comunidad judía se enteraron del asunto y, de forma muy discreta, denunciaron la estafa ante las autoridades romanas.

Cuando se intentó investigar ya fue tarde. Los dos "maestros de judaísmo" desaparecieron de Roma llevándose unas considerables ganancias.

Todo el caso no hubiese sido otra cosa que una estafa más o menos ingeniosa, entre las muchas que ocurrían cotidianamente en una Roma rica y cosmopolita, pero tomó un viso de escándalo a consecuencia de las damas participantes, entre ellas

las esposas de varios senadores y otras mujeres de la más encumbrada nobleza. Se hablaba de Fulvia, esposa de Saturnino, consejero económico de Tiberio. También estaba Claudia Prócula, quien por ese tiempo acabada de casarse con el aún funcionario Poncio Pilatos.

Pero lo que le dio mayor sonoridad al caso de la "escuela de judaísmo" fue el saber que una de las protagonistas era Apicata, esposa del propio Sejano, a quien Tiberio, antes de retirarse a Capri, había nombrado Guardián de Roma. Con ese nombramiento, Sejano, que ya era Comandante de la Guardia, se convertía en el hombre más poderoso del Imperio. Ahora bien, este personaje, hombre astuto y ambicioso, tenía muchos enemigos, quienes al saber que Apicata era una de las estafadas, se burlaran secreta y públicamente del Guardián de Roma. Por desgracia, a este escándalo se sumó uno nuevo. Y allí fue donde Sejano mostró los dientes y no perdonó a nadie.

XII

El verdadero carácter del emperador Tiberio pasará a la historia como un misterio indescifrable. Había sido un valiente y magnífico jefe que predicaba con el ejemplo. Algunos decían que era duro, amargado y cruel. Hoy, otros dicen lo contrario. Y se entiende: Tiberio, como cualquier ser humano, era, en rigor, un individuo de muchas facetas.

De joven, se asemejaba a un atleta griego: alto de estatura, corpulento, piel blanca y cabellos negros. Gustaba de la lucha, el levantamiento de pesas y las carreras al aire libre. Me contaba mi padre que Tiberio llegó a ser famoso entre los jóvenes romanos de un par de generaciones por la descomunal fuerza que tenía en sus manos: abría nueces con la sola presión de sus dedos y nadie consiguió vencerle como pugilista. Escuché decir que la seriedad de su rostro provenía de una vieja tristeza. Cuando joven mató accidentalmente a su mejor amigo, Camilo, mientras practicaban el deporte de los puños. Un limpio golpe del que después sería emperador partió el cráneo de su querido camarada.

Parco al hablar, pero con una gran cultura —le interesaban la filosofía y la historia— fue un estudioso de los grandes guerreros: Aníbal, Alejandro y Julio César. Hombre de pocas palabras que, cuando lo precisaba, se convertía en un magnífico e insuperable orador. Aparentemente no había nacido para llegar hasta donde llegó, pues su madre, viuda de Druso Nerón, fue la segunda y última esposa de Augusto. Livia era una mujer de fuerte carácter y ostentosa virtud. Mi padre decía que se había casado con Augusto, más que por amor, por usar el poderío del César en provecho de los hijos que tuvo en su primer matrimonio: Druso y Tiberio.

Los dos muchachos hicieron una brillante carrera militar, pero era Druso quien estaba interesado en política. Tiberio prefería los libros de historia y la vida de hogar al lado de la única mujer que había conocido y con la cual se había casado: Vipsania. Nunca se les vio en los salones o en el circo. Más bien, su hermano Druso sí era diferente: alegre, bebedor, expansivo, además de valiente. Augusto pensaba que Druso sería un perfecto heredero. Livia estaba feliz y, sobre todo, convencida de ello.

Sin embargo, un terrible accidente cambió todos los planes. Y una tragedia desencadenó muchas. Druso, inspeccionando las fronteras de Germania, se cayó del caballo y tras una intensa agonía murió.

Desesperada en un primer momento, Livia no se echó atrás y pensó que Tiberio podía ocupar el lugar de su hermano muerto. Tiberio no lo deseaba, pero su madre se lo impuso: divorciarse de la persona que más amaba, su adorada Vipsania, para contraer matrimonio con Julia, la hija que Augusto tuvo en su primer matrimonio, con Escribonia. Julia se había casado a los catorce años con Marcelo, pero, cosa nada rara en la sociedad romana, éste murió en combate y la joven viuda se dedicó a organizar grandes fiestas y orgías. Augusto quiso enderezar las cosas y la hizo casar nuevamente. Esta vez con Agripa, un general honesto y valiente que había pacificado Hispania. El matrimonio de Julia y Agripa tuvo dos hijos que, repitiendo la historia, bien pronto quedaron huérfanos de padre. Agripa murió luchando en los desiertos de África. Y Julia volvió a ser la reina de las fiestas nocturnas de Roma.

XIII

"Razones de Estado" fue lo que invocó Livia, su madre, a Tiberio, y éste, falto de carácter o acostumbrado a la sumisión jerárquica, obedeció a su progenitora. Se divorció de Vipsania y se casó con la hija del Emperador. La convivencia matrimonial en realidad fue muy corta: tuvieron un hijo que falleció a los pocos meses de nacido.

Tiberio, que se sentía desgraciado por la vida que le imponían, pretextó la muerte de su hijo y pidió permiso a Augusto para retirarse de Roma y asimilar la pena. El Emperador, pese a que lo necesitaba cerca, accedió al pedido y lo nombró Protector de la isla griega de Rodas. Tiberio se marchó de inmediato, Julia no quiso acompañarlo en su nuevo destino y se quedó en la capital del Imperio.

Así, mientras Tiberio ejercía con rectitud sus funciones y se mantenía en perfecto estado, combinando los ejercicios atléticos con sus estudios literarios, Julia recuperó su antigua popularidad en la vida nocturna. Y superó andanzas anteriores. Durante tres años organizó orgías en las plazas públicas de la ciudad. Fueron los propios y avergonzados hijos de Julia —Cayo y

Lucio— quienes se presentaron ante su abuelo, El Emperador, y de la manera más descamada le preguntaron:

—¿Hasta cuándo vas a tolerar, noble abuelo, que nuestra madre, hija tuya, siga enlodando el nombre de la familia?

Augusto, horrorizado, dicen, no podía creer lo que escuchaba. Se quedó mudo de espanto. Como estaba de pie, para no caerse de la fuerte impresión, tuvo que apoyarse en una de las columnas de la sala donde tenía lugar el encuentro.

Pero Cayo y Lucio continuaron:

—¿Hasta cuándo tendremos que seguir soportando que la plebe se mofe de nosotros, nietos del Emperador, y nos llamen los hijos de la loba?

El Emperador, temblando y murmurando, salió de la sala y se dirigió a sus habitaciones, donde, poco antes de tirar la puerta y encerrarse, se irguió y con retumbante voz gritó:

— ¡Juro por todos los Dioses que yo no he sabido nada!

Augusto no salió de su aposento durante tres días, en ese lapso, no comió, bebió ni durmió.

Tiberio no pudo eludir el destino que le estaba reservado. Augusto desterró a su hija Julia y, un poco como reparación al marido deshonrado, adoptó a Tiberio y lo nombró su heredero.

XIV

Tiberio fue siempre hombre de pocos amigos. Cuando llegó a ser Emperador, tenía ya 55 años y, al ser coronado, le rodearon muchos aduladores, entre ellos un capitán en extremo valeroso y de mucha sangre fría: Sejano.

Pienso que Tiberio no pasará a la Historia como un símbolo de la grandeza de Roma. Sin embargo, hay que reconocer que fue un individuo con muchas cualidades: excelente Ministro de Augusto y también el más brillante de sus generales. En lo militar fue un permanente vencedor que tuvo iguales éxitos en Germania, la Galia, Dalmacia, Hispania, Armenia y las alturas de los Alpes. Severo al extremo, trataba a sus soldados con recargada dureza. No concedía favores o excepciones, ni siquiera a sí mismo. Durante las campañas comía y bebía lo mismo que sus subordinados, siempre estaba en primera línea y era también el último en retirarse. Así, después de los combates, no tenía que elogiar a nadie.

A pesar de ser un hombre muy rico, Tiberio procuraba siempre que las campañas militares que llevaba a cabo se convirtiesen en provechosas aventuras económicas. Saqueaba hasta lo último de los campamentos y ciudades enemigas que capturaba. A diferencia de otros generales, repartía un buen porcentaje del botín entre sus tropas. Ese gesto, sumado a su bravura en la lucha, hizo que los legionarios, pese a lo peligroso y duro que era estar bajo sus órdenes, lo prefiriesen a cualquier otro jefe militar de su época.

"No me importa que me odien". Severo hasta la crueldad, el Tiberio militar atribuía sus éxitos y conquistas a la inflexible disciplina que instituyó en los ejércitos bajo su mando. Mi padre, que cuando joven alguna vez había servido bajo sus órdenes, me contaba algunas frases que Tiberio a menudo repetía entre sus oficiales.

—No me importa que me odien, lo que necesito es que me obedezcan.

Estas ideas, aventuro, deben haber estado en su cabeza cuando dejó en manos de Sejano el gobierno y la administración de Roma. Sejano, seguidor de la escuela de Tiberio, también abrumaba a sus soldados. Carente de piedad, era asimismo un individuo adulador de su jefe.

—Mi vida consiste en obedecer al Emperador.

Eso es lo que decía. Pero tenía sus propios planes y ambiciones, que salieron a la luz cuando Tiberio se retiró a Capri.

XV

Muchos cultos extranjeros eran dirigidos, más que por verdaderos sacerdotes, por ávidos negociantes que, sabedores de la búsqueda de nuevas emociones y aventuras por parte de las damas romanas, se las ingeniaban para llenar sus arcas. Dentro de ese grupo que no reparaba en medios para conseguir riqueza se encontraban algunos sacerdotes de la diosa Isis que convirtieron el Templo en un centro de celestinaje. Así, los sacerdotes, por una gruesa suma, convencían a jóvenes seguidoras para que permitiesen ser poseídas por "el dios Anubis". En realidad, lo corriente era que tras la máscara de Anubis se ocultase un amante despechado, o un viejo rico ansioso de satisfacer su lascivia. También, el Templo de Isis servía como centro de reunión de adúlteros y adúlteras que disfrazaban sus relaciones amparados en el supuesto culto.

Apicata, la mujer de Sejano, otra vez se vio envuelta en el escándalo. Un agente de su poderoso marido la descubrió en esas prácticas y trasmitió el hecho a su patrón. El asunto se supo y, otra vez, Sejano fue el hazmerreír de la ciudad.

Sejano, que no era torpe, aguantó las murmuraciones y no tomó ninguna medida, simplemente se dirigió a Capri. Allí convenció a Tiberio de poner freno a la tolerancia religiosa y castigar a los culpables. Tiberio, interrumpido en su reposo placentero en la isla, accedió a todos los pedidos de Sejano. Entonces fue cuando empezó el reinado de terror y represalias.

Seguidores de Isis y Jehová cayeron en el mismo saco. Pero todo sucedió de improviso. Fueron días de violencia inusitada los que siguieron al edicto de "prohibición de práctica de supersticiones extranjeras". Los sacerdotes de Isis fueron los primeros en caer: sufrieron la expropiación de sus bienes y la torturante crucifixión. La estatua de la Diosa fue lanzada al río Tíber y el Templo derruido.

A los judíos se les impuso multas y la expulsión de la ciudad, pero previamente se escogieron tres mil jóvenes que fueron alistados y enviados a Cerdeña y Germania para combatir en primera fila contra bandidos y germanos. Apicata también recibió lo suyo. Repudiada por su marido, la infeliz mujer tuvo que aceptar, primero, el divorcio y, luego, el destierro a Cuma, la ciudad de las prostitutas, donde al poco tiempo moriría a causa de una enfermedad de la que no fue atendida.

Sejano se comportó de manera implacable. Para asegurar que su venganza contra los judíos llegase hasta la propia Judea, destituyó al gobernador de esa provincia, Valerio Grato. En su lugar envió a su fiel amigo Poncio Pilatos.

XVI

No era un mal individuo. Pilatos pertenecía a una ilustre familia romana, la de los Poncios. Su padre, Tito Poncio, había servido como centurión a las órdenes de Augusto y del propio Sejano. Tito Poncio se estableció en Atenas y pidió a Sejano que fuese preceptor de su hijo en Roma. Las cosas rodaron bien para el joven Poncio Pilatos ya que, gracias a la posición de Sejano, nunca tuvo que intrigar mucho para conseguir lo que se proponía, entre otras cosas, el título de "amigo del César".

Conocí a Pilatos con motivo del escándalo de la "escuela de judaísmo". Como su esposa, Claudia Prócula, era una de las principales asistentes —también estafada con una gruesa suma— Pilatos me pidió con mucha cortesía que yo procurase obviar el nombre de su mujer en los boletines del *Acta Diurna*, sobre todo teniendo en cuenta que la joven pertenecía al linaje más importante del Imperio, la familia de Julio César. Además, sostuvo que Claudia Prócula, pese a la aparente ingenuidad mostrada, era una verdadera estudiosa de las doctrinas orientales.

El tiempo se encargaría de demostrarme que lo dicho en esa oportunidad por Pilatos era una sólida verdad.

Pilatos me simpatizó. Y es que, formando parte del grupo de fieles del todopoderoso Sejano, me solicitó las cosas de una manera amistosa y sin arrogancias o amenazas. Poncio Pilatos, al revés que su protector Sejano, no tenía, creo, ambiciones de poder. Daba la impresión de ser un hombre feliz y orgulloso de pertenecer, aunque fuese indirectamente, a la familia del gran Julio César. Además era evidente que amaba leal y apasionadamente a Claudia Prócula, en esos momentos una joven delgada, muy bien parecida y en extremo reservada y elegante.

Pilatos, mientras se completaban las diligencias que lo trasladarían a Judea a ocupar la vacante dejada por Valerio Grato, me invitó dos veces a la hermosa casa que poseía cerca del Campo Marcio. Me dijo que deseaba agradecerme por la discreción mantenida en torno al escándalo de la "escuela de judaísmo", pero en el fondo —eso me lo diría después en Judea— me di cuenta de que lo que deseaba era ponerse un poco al tanto sobre la historia de la provincia que se dirigía a gobernar. Conversamos bastante sobre los judíos, sus creencias y costumbres; también le confesé una verdad: que mi amigo Teófilo era un erudito en la materia. Al concluir mi visita, Pilatos me propuso una nueva reunión. Por supuesto, me pidió solicitase a Teófilo que se juntase con nosotros. Sería una especie de comida de despedida a la cual asistiría Claudia Prócula.

Nunca llegué a ser amigo de Poncio Pilatos. La comida a la que nos invitó no se pudo llevar a cabo. O fue a medias. Cuando llegamos a la casa nos recibió una recatada Claudia Prócula, que con cierta confundida sonrisa nos llevó hasta las puertas de una habitación desde donde nos mostró a un Poncio Pilatos pálido, ojeroso y dormido en un diván. Con cierta tranquilidad nos dijo:

—En ese estado me lo han mandado el César y Sejano. Ha estado en Capri con ellos. Fue hasta allá a recibir las últimas instrucciones sobre su tarea en Judea. El Emperador está muy preocupado por esa provincia. Dicen que hay muchas conspiraciones.

Luego nos condujo a otra habitación tan iluminada por las antorchas que parecía que estábamos expuestos a la luz del sol. Con excesivo cuidado, Claudia Prócula vertió vino sobre nuestros vasos, mientras media docena de esclavos colocaban a nuestro alcance fuentes con ostras, setas, esturiones de Rodas y dátiles de Arabia. Entre bocado y bocado, se habló de misticismo y filosofía. La mujer de Pilatos, sin perder en ningún momento su natural elegancia, se enfrascó en una discusión con Teófilo. Al final, nos conmovió cuando dijo:

—De no haber nacido romana, me hubiese gustado ser una mujer judía. Llevan una vida menos divertida, pero es magnífico tener confianza en un solo Dios.

No sé lo que pensaría en esos momentos Teófilo, pero sí recuerdo que al despedirnos hizo una exagerada reverencia a Claudia Prócula y, apenas pisamos la calle, me miró de soslayo y dijo:

—Si viviese Julio César para escuchar a su sobrina...

XVII

Fue una coincidencia. A partir del viaje de Poncio Pilatos, la vida en Roma, supongo que les ocurriría lo mismo a muchos ciudadanos, se me hizo insufrible. Insoportable, a causa de Sejano. Muchas veces el jefe de los pretorianos se aparecía en el edificio del *Tabularium*, los archivos donde se elaboraba el *Acta Diurna*, para exigirme que modificase los textos de algunos edictos firmados por el Emperador. Nunca había conocido a un ser tan tosco y elemental, en cualquier caso, se hablase de lo que se hablase, deseaba hacer aparecer a los judíos como los causantes de todos los males.

—La verdad es un secreto que no puede estar al alcance de todos —me dijo cierta vez.

—Señor, yo admiro su misión como fiel soldado del César, pero reclamo conocer mi oficio —le respondí casi como por instinto.

—Me gusta tu ardor, muchacho; te perdono la vida porque eres buen amigo de Pilatos —me contestó, y se marchó con sus guardias.

Sejano ya se sentía un César. Aprovechando la confianza de Tiberio, se dedicó a descubrir conjuras. En algunos casos eran ciertas y en otros, simplemente, una manera de deshacerse de sus enemigos personales. Era evidente que soñaba con ser coronado emperador. Tenía una base real para tal pretensión: al divorciarse de Apicata, el propio Tiberio le prometió la mano de su hija Helena. Sejano terminó por convencerse de que a corto plazo llegaría su hora. Y la violencia, su aire familiar, empezó a campear en Roma.

XVIII

Tiberio no fue un mal gobernante. Quizás su mayor error consistió en haber concedido tanto poder a Sejano. Pero ello es explicable. Tiberio había sido un militar exitoso, rígido y disciplinado, por ello mismo estaba acostumbrado a delegar poderes y responsabilidades en sus subordinados. Muchos decían en Roma, a raíz del retiro a Capri, que Tiberio se había convertido en un viejo decrépito y tonto. Nada de eso. Pese a la distancia, Tiberio probó estar al tanto de lo que ocurría en Roma y, sobre todo, conocía perfectamente las andanzas de Sejano. Pero, con gran sagacidad, mientras preparaba su contra-golpe, fingía estar interesado exclusivamente en su tranquilidad y jolgorio personal.

En el fondo, el tonto fue Sejano. Había olvidado que el Emperador a quien pretendía suplantar no solamente provenía de una familia donde las intrigas eran el pan de cada día, sino que Tiberio también había sido el general más respetado de Roma y que muchos viejos oficiales vivían agradecidos a su persona.

Tiberio actuó con calculada inteligencia. A sabiendas de la conspiración de Sejano, empezó a mandar mensajeros a Roma con la noticia de que estaba enfermo y moribundo. La táctica le resultó. Y así, mientras Sejano alargaba sus planes esperando que Tiberio muriese o pudiese ser desplazado del poder so pretexto de ineptitud, el Emperador usaría a Macro para poner fin a la carrera de Sejano.

XIX

Después de la amenazante visita de Sejano, sentí que algunas cosas se precipitaban. Empleé muchos días y noches en tomar una decisión. Junto con Teófilo, analizamos con meticulosidad las posibilidades de quedarnos o salir de Roma. La razón me decía que me fuese, pero el corazón, rebelde, apuntaba a que me quedase. Fue entonces cuando Teófilo puso las cosas en su lugar.

—Está claro que no permitirás que el *Acta Diurna* se convierta en un instrumento de Sejano. Pero ahora que se está preparando para usurpar el poder, va a necesitar un cronista con experiencia, querido Marcio.

—Mis manos y mi cerebro me pertenecen. Sejano podrá apoderarse de todo cuanto desee, mas no de mí —le respondí.

—Lo sé, no quieres servir al bruto Sejano, pero tampoco estás en condiciones de enfrentarlo. Pienso que a tus 20 años tendrás que cerrar una época de tu vida. Habrá que marcharse de Roma.

Las palabras de mi amado amigo griego lo habían resumido todo: cerraría una etapa de mi vida. Pero estaba dispuesto a empezar otra nueva.

—Iremos a Judea, ¿qué te parece? —le pregunté.

—Excelente, pero permíteme sugerir que antes pasemos por Alejandría.

Alejandría era en esos momentos, y lo ha seguido siendo, la capital cultural de la Humanidad. En ese sentido tiene mayor tradición que Roma. Ciudad cosmopolita desde el día en que la fundase Alejandro, en ella siempre han encontrado las puertas abiertas todas las escuelas filosóficas. Ha sido el centro de fusión de Grecia y Oriente. En Alejandría, el espíritu heleno se ha mezclado y conciliado con todas las creencias: el misticismo egipcio, la astrología caldeo-asiria, las tradiciones hebreas y la mitología. Inclusive, es la única ciudad donde se estudian y desarrollan las doctrinas de la tolerancia concebidas por un príncipe llamado Siddharta o Buda. Dicen que Alejandro, cuando estuvo en la India, se interesó tanto en el tema de la meditación budista que, a su regreso, trajo consigo a una serie de maestros y pedagogos de esta escuela absolutamente ignorada en Roma.

XX

Eran días de escalofríos en la capital del Imperio. Atormentadores rumores asaltaban la ciudad. Se decía: "Sejano ha tomado Capri y vuelve a Roma como Emperador". De otro lado, y casi al mismo tiempo, se aseguraba: "Tiberio ha descubierto la conspiración; Sejano y sus hijos han sido lapidados". A esa atmósfera cargada de violentos rumores, se sumó una noticia cierta, que procedía de Judea. Acabado de llegar a su destino, el nuevo procurador Poncio Pilatos se enfrentaba a una rebelión judía.

Para Pilatos fue un asunto tortuoso, de imposible comprensión. Para los judíos, los aristócratas y los sacerdotes, fue un triunfo.

Todo había partido de una formalidad casi burocrática. Apenas llegado el nuevo Procurador romano, las diferentes guarniciones imperiales desfilaron ante sus jefes para renovar el juramento de lealtad al Emperador. Como Pilatos, entre otras cosas, también era el jefe militar de la región, ordenó que las tropas desfilaran con la insignia, *signa*, de Tiberio. Era una medida inteligente del Procurador, toda vez que con ello marcaba bien las diferencias entre su amistad con Sejano y sus deberes para con el César. Y más en esos momentos, en los que se hablaba tanto de una conspiración contra Tiberio.

XXI

En Jerusalén —Pilatos se encontraba en Cesárea— la gente apedreó a las tropas. Fue una rebelión de la conciencia religiosa judaica. Se decía que Pilatos, al hacer acompañar el desfile con la efigie de Tiberio, tenía la intención de introducir el culto religioso al Emperador. Pilatos, al recibir la noticia de los disturbios no supo, en principio, qué hacer. Simplemente ordenó a los jefes romanos que le iban trasmitiendo las nuevas, que mantuviesen distancia. Pero sin dejar de estar alertas.

En ese estado se encontraba cuando le llegaron más noticias. Miles de judíos partían de Jerusalén en dirección a Cesárea. Querían pedirle personalmente al Procurador que mandase retirar las *signas* de Tiberio.

Pilatos, todavía desconocedor del terreno que pisaba, preparó a los hebreos una respuesta a la romana. Ordenó que los judíos se reuniesen en el estadio de Cesárea. Allí los escucharía y daría una respuesta. Para empezar, se hizo esperar cuatro días.

Cuando entró en el estadio vio y sintió el implorante llanto de la multitud, pero apenas se instaló en su galería se hizo un silencio total, para luego escuchar una plegaria recitada por miles de voces al mismo tiempo:

—¡No harás imagen alguna de lo que existe en los cielos, tampoco de lo que existe en la tierra o las aguas! ¡No te postrarás ni las adorarás, porque yo soy Jehová, tu Dios, que te sacó de la tierra de servidumbre de Egipto! ¡Solamente a mí me honrarás...!

Al principio, algo desconcertado, se quedó quieto; pero inmediatamente se recuperó y decidió proseguir con el plan que había preparado secretamente. Levantó un brazo. Era la señal convenida con sus tropas.

El sol brillaba con intensidad cuando aparecieron cientos de legionarios con las espadas desenvainadas y rodearon estratégicamente a los judíos. Así las cosas, Pilatos tomó la palabra y se dirigió a la amenazada multitud.

—¡Yo no he venido a entrometerme con su religión o con sus leyes, el César respeta a todos sus súbditos. Pero también él merece respeto. Ustedes han ultrajado las insignias del César; eso, según la Ley, se castiga con la muerte. Pero yo no quiero empezar mi gobierno derramando sangre judía y por eso les hago una propuesta. Acepten las insignias y aquí no habrá ocurrido nada. De lo contrario, los soldados del César cumplirán con su deber y rodarán sus cabezas!

Otra vez fue una cuestión de contados segundos. Y como si se tratase de un drama anteriormente ensayado, cientos de hombres de todas las edades se rasgaron sus túnicas y, haciendo el gesto de ofrecer la cabeza a las espadas, gritaron:

—¡Mejor la muerte que deshonrar a Jehová!

Aquello no lo esperaba Pilatos. Se desconcertó y no supo si estaba asustado o rabioso. Era un dilema que debía solucionar inmediatamente. Se acordó de Sejano, de las órdenes de ser implacable con los judíos. Pero también pensó en él mismo y en Claudia Prócula. Habían llegado hasta Judea para servir al Emperador, pero también para que su mujer se consolidase intelectualmente. A él, particularmente, le molestaban los ritos judíos, pero nada más. No odiaba a nadie. Tenía que perdonar a los hebreos, sería un error empezar su gestión con una medida que lo colmaría todo de odio y sed de venganza.

—Está bien judíos, han ganado…

XXII

La ciudad de Cesárea, levantada sobre las costas del mar de Samaria, está situada a ochenta kilómetros al noroeste de Jerusalén. Construida a base de mármoles y diseñada por los mejores arquitectos griegos, dicha urbe fue levantada por el viejo Herodes el Grande como homenaje y agradecimiento a Julio César. La ciudad tenía muy poco de judía y eso la hacía más cómoda que Jerusalén, al menos para las autoridades romanas. Poncio Pilatos, continuando con la tradición de quienes lo han precedido, también se ha instalado allí, en el llamado Palacio Pretorial, un hermoso edificio que hace frente al Templo de Augusto y Roma. Cesárea también es vista por los romanos como un emplazamiento estratégico: el mar es siempre una salida hacia Roma, Siria o Egipto.

Palestina, y eso lo sabe muy bien Pilatos, es desde hace siglos una tierra de muchas tensiones políticas, étnicas y religiosas, y es en la ciudad de Jerusalén donde, como en una especie de crisol, se funden todos estos problemas. Ciudad tumultuosa y escenario de permanentes reyertas entre los propios judíos, divididos en sectas y partidos políticos que ambicionan erigirse en intérpretes únicos de su religión. Fariseos, saduceos, esenios, zelotes. La judía, es una sociedad cargada de tradiciones, rituales y supersticiones en verdad incomprensibles para un romano pragmático como Poncio Pilatos. Por ello, y luego del incidente a causa de las insignias con la efigie de Tiberio, se siente muy feliz de haberse instalado en Cesárea. La que no está muy contenta con esa decisión es Claudia Prócula, quien de alguna manera es su consejera en los asuntos relativos al judaísmo.

—Tienes que entender, esposo mío, que ellos sienten un temor reverente por su Dios...

Claudia Prócula no ve nada de absurdo en el incidente. Pilatos le responde:

—Está bien. Acepto. Un Dios puede ser infinitamente sabio y poderoso, pero también tendrás que aceptar que debe ser infinitamente remoto. Un Dios todopoderoso no se toma el trabajo o la molestia de castigar a una ciudad por la ofensa de unos cuantos individuos. Me parece.

—Es posible. Pero ahora quisiera solicitarte algo: que me permitas que estudie en Jerusalén, pienso que cuanto más entienda la fe de estas gentes, tendrás menos problemas para gobernarlos.

Pilatos se sacude la cabeza y luego hace un gesto de asentimiento.

—Muy bien. Instálate en la residencia oficial. Creo que los judíos verán con buenos ojos que sea la propia esposa del Procurador la que custodia su túnica sagrada.

Efectivamente, la sede oficial del Procurador de Judea se levanta en Jerusalén, sobre una de las esquinas de la plaza del Templo de Salomón. Es la Fortaleza Antonia, donde también se acantonan las tropas encargadas del orden de la ciudad. En ese lugar se guarda, custodiada por los romanos, la túnica oficial del Sumo Sacerdote del Gran Sanedrín, es decir, la máxima autoridad de la religión judía. Esa custodia romana constituye una simbólica señal de sumisión a Roma. El Sumo Sacerdote judío solamente puede retirar la capa los días señalados como grandes festividades. La disposición es considerada por muchos judíos como una afrenta contra su Dios y su Religión. Esa dependencia sacerdotal ha provocado el crecimiento y desarrollo de sectas religiosas, grupos subversivos y santones que, indistintamente, predican la expulsión del invasor romano y el castigo de los judíos que se postran ante Roma. Para muchos, el tiempo de la venganza ha llegado. Hoy más que nunca se habla de la pronta aparición de un Mesías, un redentor, un líder que devolverá la libertad a los judíos oprimidos y castigará a los espías y sirvientes de los romanos. Hay pocas dudas sobre ello, el Libro de los Libros, la Biblia, dictado por el propio Jehová, así lo anuncia.

SOBRE UN MAGO LLAMADO JESÚS

Sobre un mago llamado Jesús

Lo sabía de antemano. Alejandría es una ciudad más culta y refinada, pero también más acogedora y abrumante que Roma. Esto último a causa del clima: permanentemente sopla un viento tibio que introduce un polvo salino en los ojos. Ese viento, lo explicaba el guía que nos condujo esta mañana al Templo de Apis, es causante de muchos casos de ceguera. La ciudad está llena de médicos griegos especializados en este mal. Hemos hecho a pie un recorrido por ella y confieso que me he sentido un poco extraño en medio del gentío proveniente de tantas naciones. Por el incesante movimiento, Alejandría parece una ciudad de fiesta. En cierta manera lo es. Muchos viajeros llegan hasta aquí a rejuvenecerse. La ciudad no solo es el centro mundial del comercio, la filosofía, la ciencia y el saber, también lo es de las diversiones y el placer.

La posada donde nos hemos alojado con Teófilo, muy cerca del puerto, es un lugar elegante, acogedor y agradable. La clientela habitual, nos dijeron, son armadores de barcos y comerciantes ricos. Me imagino que así es, ya que normalmente los sabios y estudiosos que llegan en peregrinación hasta la ciudad deben tener pocos fondos para hospedarse en un lugar como este. En Roma misma no hay lugares así, de una arquitectura de cedro y mármol con extensos jardines y baño propio. Lo último es una verdadera maravilla: las mesas son de una madera perfumada y los masajistas, adolescentes de ambos sexos, que con manos prodigiosas y aceite de oliva te extraen todos los cansancios del cuerpo. Creo que no nos moveremos de este lugar mientras permanezcamos en Egipto. Cada comida es un verdadero banquete. Nada en Roma podría igualar el refinamiento que aquí encuentro. Creo que estoy hablando solamente de lo superficial. La verdad es que elegimos este lugar, y no me arrepiento de ello, porque está situado en el mismo barrio que el *Museion*, esa serie de edificios donde se encuentra la gigantesca Biblioteca de Alejandría.

II

Capital de Egipto y corte de los Ptolomeos, Alejandría no solamente es la mayor ciudad de toda la costa del Mediterráneo, sino de todo el mundo. Aquí se concentra el comercio del orbe. Habitantes de Atenas, Corinto, Éfeso, Antioquía y Roma vienen a contemplar y conocer de cerca sus maravillas. Una de ellas es la torre luminosa de Faros, más conocida como el Faro de Alejandría. El potentísimo resplandor del fuego que ilumina todas las noches se deja notar a una distancia de cincuenta kilómetros mar adentro. Esta maravilla, elevada a más de ciento cuarenta metros de altura, tiene un eminente fin práctico: orienta en el tremendamente plano terreno que rodea la capital de Egipto, además, en estas costas abundan los escollos y peñascos peligrosos. La torre, levantada sobre la rocosa isla de Faros, está situada al este del puerto de Alejandría. Al pasar el barco cerca de la isla, el viajero puede apreciar que la torre consta de tres pisos y su hechura es de mármol blanco.

La capital de Egipto tiene una población de 300 mil habitantes libres, y si a estos se suman los forasteros, soldados y esclavos, la cifra llega al millón. Todo el comercio de Egipto por el mar Mediterráneo se concentra en la hermosa capital. Aquí, en Alejandría, desembarcan los mejores productos del interior del África, Arabia, La India y hasta Ceres: objetos preciosos como marfiles, telas, joyas y pedrerías; frutas raras, animales exóticos, comestibles, vinos y esclavos encuentran aquí su mejor mercado. A diferencia de Roma, donde las calles son estrechas, torcidas y en muchos casos se encuentran sin pavimentar, en Alejandría todas las vías, calles y paseos están empedrados y pueden circular sin problemas vehículos y jinetes en todas las direcciones. Para tener una idea de la amplitud y hermosura de esta ciudad baste decir que sus tres vías principales tienen un ancho de treinta metros. No hay visitante o forastero que no concuerde con que Alejandría es la ciudad más rica y hermosa del mundo.

Ahora lo sé. Alejandría tiene algo que no se encuentra en Roma. Ese algo es una especie de atmósfera que se respira y se siente a lo largo de todas las actividades: la libertad. Pienso que estos son días inolvidables, en todo el sentido de la palabra. Uno puede saciar todas las hambres. Estoy muy emocionado. Todo empezó en el Gimnasio. Era un muchacho etíope, esbelto y delicado de modos. Todo su cuerpo emanaba placer y suavidad. He descubierto que soy edónico. Nunca antes había tenido unas emociones estéticas y corporales tan intensas. He gozado con su sexo grande y fibroso, también con su abrasadora belleza. No me había imaginado jamás la posibilidad de acercarme a otra persona que no fuese Teófilo. Afer aspiraba viajar a Roma y disfrutar de lo que él llamaba maravillas de la urbe. No regateó adjetivos para hablar del circo, los combates de gladiadores o las carreras de caballos. Lo traté de convencer —aunque parece que inútilmente— de que Alejandría no es menos que Roma y que un muchacho como él no encontraría allá más que tropiezos, al no contar con la protección de algún romano poderoso. Pero Afer no es más que un niño curioso y arrebatado. Al cabo de tres días, ya no lo encontré. El jardinero del Gimnasio —un nubio muy alto que se pasa las mañanas descolgando frutos de los granados— me dijo que lo diese por descontado, que Afer se había embarcado hacia Roma. Escuchar eso me estremeció un poco, pero la pena duró solo unos instantes. Cuando le conté todo lo sucedido a Teófilo, noté un asomo de extrañeza en su rostro, pero luego se sofocó de risa y me atrajo a su lado. Me contagió su calor acariciándome el cuello y los cabellos durante horas.

III

Esta ciudad con sus monumentos es una de las maravillas del Universo, no me canso de recorrer calles, de hacer cortos viajes a lo largo del río y de conversar con la gente. Me cuentan los chismes de los mercados, pequeñas intimidades de la ciudad, pero, sobre todo, relatan sus tiranteces con los judíos y las pavorosas peleas, físicas y de palabra, que tienen con ellos. Sin embargo, contradictoriamente, se emocionan cuando hablan de un profeta o médico judío que se ha hecho famoso porque dicen que cura la ceguera con sólo posar sus dedos sobre los ojos del invidente. El guía que a veces me acompaña me confirmó esa historia y muy ufano agregó: "Yo conocí a ese mago, vivió muchos años aquí, en Alejandría, cerca del Delta". El Delta es el nombre que recibe uno de los barrios más populosos de la ciudad. Es una zona de gente pobre donde conviven indistintamente griegos, judíos y extranjeros de pocos recursos. Ese lugar es centro de muchos disturbios.

Me he enterado de muchas cosas nuevas. Como, por ejemplo, que Alejandro Magno no alcanzó a completar su sueño de ver Alejandría convertida en la gran ciudad de la ciencia y el saber. Alejandro quería unificar el mundo a través de la cultura griega y esa idea fue aceptada por muchos. Desgraciadamente, el Magno murió intempestivamente y sus generales hicieron lo único que sabían: pelearse entre ellos y repartirse los dominios alcanzados. A uno de ellos, Ptolomeo, le tocó Egipto e inauguró una dinastía, la de los Ptolomeos, cuya última gran representante fue la reina Cleopatra. Fue el hijo de este primer rey, Ptolomeo II, quien hizo realidad la idea de Alejandro de convertir Alejandría en el eje del saber en el mundo. Este Ptolomeo concordaba también con la idea de Alejandro de unificar los pueblos a través de la cultura. Y fue bastante lejos en su intento: por respeto a las costumbres egipcias se casó con su hermana y por ello también se le conoció con el nombre de Filadelfo. Ptolomeo II logró que el Museo y la Biblioteca se convirtiesen en una realidad. También auspició la traducción de la Biblia judía al griego, en un gesto que muestra a las claras su voluntad de acercar a los hombres todas las filosofías y todas las creencias. Me imagino que de esas épocas provienen las rivalidades que hoy vemos entre griegos y judíos. Judea, en la época de dichos Ptolomeos, entraba en los dominios egipcios. Me imagino también que muchos judíos se helenizarían, pero otros deben haber visto a los griegos como hoy miran a los romanos: como invasores y corruptores de su cultura.

IV

He podido corroborar en la realidad algunas de mis suposiciones. Por lo pronto, Teófilo me ha asegurado que esta ciudad cuenta con la comunidad judía más numerosa y próspera del mundo. La mayoría de intelectuales y pensadores judíos son alejandrinos. Me ha contado también que muchos de ellos son más estrictos en sus prácticas religiosas que la gente que vive en Jerusalén. Todo esto lo sabe de muy buena fuente: ha estado conversando largamente con Filón, un sabio maestro judío que enseña el judaísmo de manera alegórica, es decir, utiliza la pedagogía griega. Hijo de una familia de rabinos, Filón es admirador de Platón y estudioso de la historia de la Biblia judía, e intenta reconciliar las tradiciones helénicas clásicas con las de su pueblo. Es uno de los pocos maestros que está consciente de la influencia del mito sobre la Historia. Filón sostiene, por ejemplo, que tanto el Deucalión griego como el Noé bíblico provienen del diluvio babilónico. Asimismo parece haber conocido de cerca las tablillas asirias de Nínive, que narran la aventura de Gilgamesh, el rey de Uruk que buscaba con ansiedad la vida eterna. El docto judío asegura que Gilgamesh reaparecería en Grecia en la figura de Aquiles y sería Sansón entre los hebreos. Pero Filón jamás discute en las sinagogas los temas que podrían herir los sentimientos de sus ortodoxamente religiosos compatriotas. Prefiere tratar estos temas con estudiosos y viajeros extranjeros. Me cuenta Teófilo, que está increíblemente entusiasmado por su amistad con Filón, que ahora puede entender mejor muchas cosas que antes de venir a Alejandría no comprendía y por ello le molestaban. Por ejemplo, Filón le dice que todas las historias, incluidas las de la *Ilíada* y la *Odisea*, son simplemente alegóricas. Que hay en ellas un poco de verdad y mucho de fantasía y poesía. Y que lo correcto reside en la interpretación de los textos. Uno debe aceptar solamente lo que comprende. Filón no es muy bien visto por los judíos ortodoxos, pero se ríe de ellos y está orgulloso de que a su escuela acudan como discípulos suyos judíos de todas partes del mundo. Inclusive, Filón le aseguró a Teófilo que ese mago que está dando que hablar en Judea con sus curaciones a los ciegos ha sido alumno suyo. Le aseguró que es un tipo extraordinario, pero acosado por una indescifrable angustia. Teófilo me ha dicho que es una exigencia que conozca a ese Filón. El sueño me desploma.

V

Macro era hijo de un esclavo liberto de Tiberio a quien el mismo Emperador se había encargado de educar y aconsejar. De alguna manera, Tiberio veía en Macro al heredero que no pudo tener y le trasmitió muchos de los secretos de sus antiguas habilidades físicas y guerreras. Así, el joven Macro bien pronto destacó como pugilista, gimnasta y experto luchador. Como además de valiente era buen bebedor, el muchacho protegido del Emperador se convirtió en el más popular entre los oficiales romanos. Llegado a ese punto, Tiberio, secretamente, instruyó a Macro para que formase un destacamento especial, compuesto por hombres de absoluta confianza, listos para actuar en una hora por determinar. La hora señalada por Tiberio llegó en octubre del año 784, cuando en Capri nombró a Macro Prefecto del Pretorio, cargo que, entre otros, también ostentaba Sejano, y que lo convertía en Comandante de todas las fuerzas romanas.

Así, de la noche a la mañana, Macro se apareció en Roma y se presentó subrepticiamente en la casa de Sejano. Este, sorprendido, le preguntó:

—¿Por qué has abandonado al César?

—No, no lo he abandonado, me ha enviado con una carta que debo entregar al Senado —replicó Macro.

—Bien, entrégame la carta, yo la llevaré —lo que era casi una orden del siempre suspicaz Sejano. Sin embargo, Macro estaba preparado para esa eventualidad.

—No, no puedo —y mirando a los guardias que rodeaban a Sejano, prácticamente le susurró al oído:

—No debieras ponerte así delante de tus guardias; es una orden en la que Tiberio te nombra su sucesor. Apresúrate, ponte otra ropa y ve al Senado, hoy es un gran día para ti.

Acto seguido, Macro salió de la casa de Sejano, montó en su caballo y, solitario como había venido, se dirigió al edificio del Senado. En esos mismos momentos, el regimiento especial preparado en Capri, se distribuía por los lugares más estratégicos de dicho recinto.

Sejano no pudo aguantar y contó a los miembros de su guardia personal que el emperador le había nombrado su sucesor. Luego, jubiloso, ordenó:

—Hoy no necesito escolta, muchachos. Debo ir al Senado como un patricio. Luego, celebraremos.

Cuando Sejano llegó al Senado, con toga y sin su guardia personal, la noticia de su nombramiento como sucesor de Tiberio ya había corrido de boca en boca, así que apenas pisó el edificio, los representantes empezaron a aplaudirle y felicitarlo. Luego de estas efusiones, cada uno ocupó su lugar y Macro entregó el mensaje del emperador al Cónsul de mayor edad. Este, levantando la voz, pidió silencio a la sala y empezó a leer.

VI

Esta mañana hemos recibido noticias frescas de Roma, de inmediato, quizás por un sentido de solidaridad, les he escrito a Poncio Pilatos y Claudia Prócula, aunque ellos ya deben conocer lo acontecido: Sejano ha muerto. Cuando he sabido esto por boca del Comandante de una nave romana he sentido una especie de satisfacción dentro de mí. Creo que Sejano es una de las contadas criaturas que he odiado en mi vida. Confieso también que ha sido una de las pocas personas que me ha hecho sentir miedo.

No exagero, pero Alejandría es una ciudad maravillosa. Cualquier ser humano se podría pasar la vida aquí sin ningún cansancio. Y es que cada día la ciudad te sorprende con una cosa nueva. Además, la palabra hablada goza del prestigio y éxito que tuviera en la Grecia de los tiempos de Homero. El ejercicio de la palabra es cultivado no solamente por los sacerdotes de los mil santuarios religiosos que aquí existen, sino que también hay médicos y brujos que utilizan tan sólo las palabras como la más eficaz de las medicinas. En plazas, tabernas, calles y mercados hay narradores que se ganan la vida contando cuentos, parábolas y leyendas. Historias verdaderas, fábulas y noticias constituyen las bases de una profesión que deja mucho dinero a quienes son capaces de narrar con sencillez y propiedad. A cada momento me he tropezado con estos narradores rodeados de auditores que, sentados en el suelo o de pie, satisfacen sus sueños de aventuras con los héroes, los magos o los viajeros de esas historias. También se recibe información precisa y detallada de lo que ocurre en los países más extraños o lejanos. Ayer, al mediodía, por ejemplo, escuché a uno de estos narradores contar todo lo recientemente ocurrido con Sejano: sus ambiciones, su traición y la ingeniosa y dura respuesta de Tiberio.

"Fue casi como un castigo divino —el narrador parecía haber vivido lo que contaba— los mismos cónsules y senadores que momentos antes habían aplaudido y dado vivas a Sejano, instantes después de haber escuchado la carta de Tiberio, empezaron a insultarle: '¡Traidor!, ¡déspota!, ¡ladrón!'. Y se armó tal tumulto en torno al sudoroso Sejano que, espantado, cayó de rodillas sobre el suelo. A lo único que atinó fue a cubrir su lloroso rostro con la túnica. En ese estado escuchó su sentencia de muerte acordada por el Senado —a esas alturas, como en cualquier pieza teatral, el narrador suspendió su historia por unos momentos para aplacar la sed con unos tragos de agua de un cántaro que le proporcionó uno de los tantos entusiasmados escuchas. Luego, siguió con lo suyo—. Tengo entendido que en caso de haber fallado su plan, el césar Tiberio podría haber estado hoy día entre nosotros, escuchando la historia de la coronación de Sejano, ya que tenía preparada una flota que lo hubiese traído hasta nuestra ciudad. Pero las cosas ocurrieron como ocurrieron. Macro y su guardia especial llevaron al traidor hasta la cárcel, donde fue ejecutado a flechazos. Su cadáver fue abandonado en la vía pública y allí el pueblo lo escupió y pisoteó durante dos días; la cabeza terminó en los baños públicos, donde fue usada como pelota. El resto de su cuerpo pestilente fue arrojado al Tíber. Pero hubo más: hasta hoy día el pueblo de Roma se divierte convirtiendo en polvo lo poco que queda de las estatuas que el propio ambicioso hizo levantar en los edificios de la urbe. Y ya no me queda otra cosa que agradecerles por la atención que han puesto en escuchar esta verdadera historia".

Al final, el público expresó su satisfacción por la historia escuchada, depositando monedas en el tarro de barro colocado a los pies del narrador.

VII

No me quiero extender sobre todas las conversaciones y entrevistas que he tenido en estos días alejandrinos. Son tantos los personajes y los detalles que reconstruir por escrito que esas experiencias me tomarían algunos años y varios volúmenes. Quiero, sin embargo, hacer un pequeño resumen sobre ese maestro judío que, tanto a mí como a mi querido y exigente Teófilo, se nos ha revelado como uno de los personajes más importantes que jamás se hayan cruzado en nuestras existencias: Filón.

Lo dije antes. Fue para mí muy consolador apreciar que Teófilo, a partir de su reunión con Filón, empezó a mirar las escrituras hebreas de forma más tolerante. Y es que el filósofo judío le recordó que estaban pisando suelo egipcio, una tierra donde probablemente se habían originado muchas ideas que ambos profesaban. Así, Filón le recordaría a mi querido compañero que el tema del Dios único y creador de todo cuanto existe no había sido planteado únicamente por Sócrates, sino que el hebreo Moisés sostuvo lo mismo quinientos años antes que él. Pero el extraordinario Filón tenía la certeza de que ambos, el estadista judío y el filósofo griego, se habían inspirado en un mismo personaje: el faraón Akhenatón, quien intentó una revolución religiosa en Egipto, proclamando la idea del Dios único. El Faraón pagaría con la vida sus ideas monoteístas, pero parece ser que Moisés, que vivió en Egipto un siglo después, fue cautivado por la idea y la impuso a su pueblo. A las ideas había que observarlas con mirada eternizadora y global, no pertenecían a los pueblos donde germinaban, sino a la humanidad entera, sostenía el maestro alejandrino. Y Teófilo se sentía agradecido con las enseñanzas recogidas en su trato con él.

Pero no somos los únicos que apreciamos la inteligencia y sabiduría de Filón. Toda la ciudad, incluidos muchos de los filósofos e intelectuales griegos agrupados en torno al Museo, le respetan profundamente. Filón no tiene ningún cargo ni ostenta dignidad de rabino, pero los siempre celosos sacerdotes judíos le permiten dirigir sermones en la Gran Sinagoga de Alejandría. Allí lo he visto leer los libros sagrados judíos en su traducción griega y comentarlos según el espíritu heleno. En ese edificio gigantesco se habían reunido, por lo menos, cuatro mil personas que pagaron a los directores de la sinagoga por escuchar la palabra de Filón. El maestro no cobra nada, pero me imagino que debe sentirse feliz con la gloria de sentirse escuchado y admirado por gente tan diversa. Él es un viejo espigado, cano, de modales amables y delicados. Su rostro siempre está alumbrado por una abierta sonrisa. A pesar de su edad, sus manos están desprovistas de callos o arrugas, son finas y largas como las de un escritor o artista. Hablar extensamente con este hombre ha sido para nosotros una experiencia única. Al salir de sus aposentos, apenas pisada la calle, tuve la sensación de no ser la misma persona que antes.

El maestro alejandrino dice que buena parte de lo que él es, lo que sabe, se lo debe a un filósofo y príncipe que vivió hace ya más de cinco siglos en los linderos de unas gigantescas montañas del país de la India. Ese filósofo, llamado Siddartha Gautama —aunque también se le conoce como Buda, según Filón— es el más profundo y clarividente de todos los seres humanos, ya que toda la base de su doctrina radica en la tolerancia. El último nombre, *Buda,* no es gratuito, significa "el lúcido".

Es poco lo que se sabe sobre su vida. Gautama era de estirpe real, y en la búsqueda de una verdad para todos renunció al poder, a la familia y a los placeres de la existencia. Anduvo por muchos pueblos, inclusive fue acogido en los reinos de los guerreros de ojos oblicuos y tez amarilla, esos reinos que los romanos denominamos genéricamente el país de Ceres y de los que proviene la carísima seda. Predicador de una vida eterna —cuando morimos, nace otro ser que hereda nuestra alma— vivió rodeado de un grupo de discípulos y murió muy viejo a consecuencia de un envenenamiento con carne de cerdo, cosa que en apariencia iba contra su prédica y su propia sabiduría. Sin embargo, según explicaba Filón, Gautama Buda eligió esa muerte para convertir en práctica una enseñanza teórica.

Gautama Buda predicaba que es conveniente una vida ascética, pero solamente después de haber degustado la vida. Los
hombres no deben rechazar nada, hay que probarlo todo y luego
ir abandonándolo todo. Y hacerlo con precisa conciencia. Así, se
llega al Nirvana, una especie de final, pero que no es el final, sino el
comienzo: cuando se muere en esas condiciones, en ese mismo momento nace otro ser que recibe el alma. Por eso la vida es eterna.

VIII

No lo mencioné en mis apuntes diarios de aquellos días en
Alejandría, pero fue en esos momentos en los que frecuentábamos
diariamente a Filón cuando tuvimos las primeras noticias veraces
acerca de ese Jesús que hoy aparece, sin serlo, como el fundador
del cristianismo. Para Filón, que había conocido a Jesús desde muy
joven, este era un renegado de su religión, el judaísmo tradicional.
Lo describió como un individuo singular y de una notable aptitud
para aprender con rapidez. Además, cosa rara en profetas y predi-
cadores, tenía gran resistencia y agilidad física. Esto último, decía
él, se debía a que su padre era un griego que servía en una de las
legiones estacionadas en Egipto. Aunque Filón no se acordaba del
nombre del padre de Jesús, Arístides o Panthera, sí tenía memoria
de que ambos, el soldado griego y el niño, habían llegado proce-
dentes de Judea. Allí, el tipo había tenido amores con una bella y
muy joven judía que le dio ese hijo. A Filón no le extrañó en absoluto que el soldado viniese con su niño, toda vez que el chico siempre pareció una persona sosegada e inteligente, que se llevaba muy
bien con su padre, quien parecía adorarle. La judía, a la que Filón
vio solo una vez y de lejos, se les unió un tiempo después. Parece
que la familia vivió bastante tiempo en Alejandría. Se mudaron de
la ciudad a raíz de la desaparición del padre. Tengo entendido que
el soldado griego formó parte de una expedición que por órdenes

de Augusto se remontó a través del Nilo, tratando de encontrar los orígenes del gran río. Nunca más se supo de ellos.

IX

Buscar los orígenes del Nilo. Ese proyecto de Augusto fue retomado por el césar Nerón y la empresa tuvo éxito. Después de navegar durante cuatro meses, los exploradores se dieron con los bosques de árboles más altos que ningún ser humano ha visto. De esa tierra vedada para la mayoría de hombres provienen los más diminutos de los humanos, unos negros que miden la cuarta parte que cualquier otro hombre. Cuando algunos de estos seres fueron llevados ante la presencia de Nerón, el César, estupefacto, comentó:

—Hay muchas leyes de la naturaleza por descubrir.

Yo estuve presente para escucharlo.

¿Dónde nace el río sagrado? ¿Dónde están las fuentes del Nilo? Estas preguntas en torno al origen del río Nilo han ocupado durante siglos la imaginación de griegos y romanos y, antes que ellos, poderosos soberanos como los faraones y los antiguos reyes persas experimentaron igual curiosidad. Alejandro Magno, durante su estancia en Egipto, envió diversas expediciones guiadas por etíopes para despejar la duda, pero el calor, igual que los terriblemente rojizos resplandores del cielo, les hicieron detenerse. Un faraón egipcio, Sesostris, organizó personalmente una gran expedición que, según una repetida leyenda, llegó hasta los confines del mundo, mas no alcanzó las fuentes del Nilo. Cambises de Persia intentó otro tanto, pero el hambre y el calor le hicieron retroceder. Se sabe también que más de un poderoso príncipe del país de Ceres se dedicó a la búsqueda de las fuentes del gran río. Con el tiempo, una frase, "Buscar el nacimiento del Nilo", se ha convertido en una forma de explicar la pretensión de lograr lo imposible.

X

Filón nos describió a Jesús, luego corroboraríamos la exactitud de su información, como un hombre de alta talla, tez apenas dorada por el sol, facciones muy finas y regulares, y cabello suavemente oscuro. El maestro alejandrino recordó que el hombre tenía una muy especial mirada: penetrante, llena de inspiración. Sin embargo, a la vez parecía un ciego: jamás parpadeaba.

—Era la mirada de los magos y los visionarios —dijo.

Y me imagino que acertaba. Además, en medio de sus recuerdos, hizo mención de un detalle: los dientes de su antiguo alumno.

—Había dentro de él, por lo menos durante el tiempo que anduvo por acá, una especie de contradicción: la altivez de su porte y la profundidad de la mirada provocaban una especie de distancia, pero esa distancia la transformaba en cercanía a través de los dientes. Siempre tenía una semi sonrisa agradable en el rostro: sus dientes no tenían sombra, eran blanquísimos, sanos. Con toda seguridad era muy sobrio en el comer. Bebía con moderación.

Supe también por el mismo Filón que Jesús no era autodidacta como han sostenido los miembros de la secta cristiana de Roma. Lo han querido mitificar y quizás él mismo organizó las cosas de ese modo. Filón me contó que Jesús volvió a Alejandría a seguir estudiando. Prácticamente vivía en el *Museion* y cada cierto tiempo viajaba con rumbos desconocidos. Parece ser que no tenía amigos. Con el único con que hablaba largamente era con Filón, a quien trataba como maestro. Le contó que cuando estuvo en Judea con su madre, se incorporó a una secta judía que habitaba en Qumrán, un punto situado muy cerca del Mar Muerto. Los miembros de esta comunidad religiosa se denominan ellos mismos *hijos de la luz,* pero vulgarmente se les conoce como *esenios.* Estos se consideran a sí mismos los verdaderos depositarios de la tradición religiosa judía y se han separado del tronco oficial que tiene su sede en el Templo de Jerusalén. Esta secta tiene unas normas de vida bastante ascéticas, pues sostienen que la única manera de buscar a Dios es apartándose de los goces terrenales. Se alimentan en común, oran en común y deliberan en común. Todo lo comparten, lo único que hacen individualmente es el estudio de la Biblia, que realizan en el desierto. Por lo que supe, Jesús no tuvo muchos inconvenientes en formar parte de la congregación, al contrario, fue muy bien recibido a causa de sus asombrosas cualidades como curandero.

La Medicina es otra de las grandes preocupaciones de esa secta, *esenio* es una palabra aramea que significa "curador".

—He vuelto a esta ciudad porque sé que mi padre no ha muerto y algún día regresará. Siento en mi corazón que ahora mismo está conociendo otros lugares, otras costumbres y otras gentes. Me hubiese complacido acompañarle.

Filón, sorprendido, no supo qué contestar a Jesús. Le siguió escuchando.

—Mi padre y yo estamos hechos de la misma esencia, somos la misma persona. Siempre, desde que era un niño, ha hablado a mi corazón. De haber muerto me lo hubiese dicho.

Deslumbrado por la firmeza de las afirmaciones de Jesús, Filón preguntó:

—Si es como afirmas, ¿qué te dice tu padre ahora?

—Solo me dice que tenga tranquilidad. Soy yo el que interpreta. Lo único que sé es que nos reuniremos. Por el momento, lo espero. Y también lo busco.

Lo dijo sin jactancia y cerró el diálogo sobre su padre con su bien personal y afectuosa semi sonrisa.

Una vez Jesús desapareció durante más de un año. Había partido como siempre solo y sin avisar a nadie. Filón imaginó que ya no lo vería más, pero un atardecer, cuando el sol de Alejandría se escondía detrás del mar, se apareció de improviso. Filón se quedó sorprendido y, olvidando el discurso que estaba preparando para una de sus clases, le preguntó:

—¿Dónde has estado, encontraste a tu padre?

El recién llegado, dio, como solía, una respuesta parabólica.

—Mi padre nunca me ha abandonado.

Y acto seguido, Jesús empezó a hablar del extraño itinerario que había tomado durante el tiempo en que se alejó de Alejandría. Le contó que había visitado el país de Gautama Buda, el creador de la doctrina de la tolerancia, sobre la cual ambos hombres habían tenido tanto interés. Como siempre, Jesús no fue muy preciso, pero tampoco nebuloso. Indiscutiblemente, en ese viaje había aprendido algunas cosas nuevas. Contó haber sido testigo de hechos sorprendentes y extraños: hombres marchando sobre carbones ardientes, caminando por las aguas o elevándose por los aires. También afirmó haber visto resucitar muertos. Jesús contó estas cosas a Filón con extremada timidez, como temiendo que el maestro alejandrino le tomase por un charlatán. Pero no. Filón siempre estuvo convencido de que el extraño hijo de un soldado griego y una judía de la ocupada Palestina era un taumaturgo, un mago extraordinario que tenía conciencia plena de la formidable fuerza que llevaba dentro de sí. Por ello, cuando empezaron a llegar a Alejandría los relatos sobre las curaciones de Jesús, Filón no se extrañó en absoluto.

—Al contrario, lo esperaba. Ese hombre vive atormentado y afligido por muchas cosas: su propio padre, su identidad personal, el alma, la salud, el universo, la justicia. Todo bien, pero desgraciadamente también tiene interés en la política, es judío y la pesadilla de los judíos, amigos míos, es la política.

XI

Deambulábamos con mesurados pasos alrededor de las fuentes y las inmensas arboledas que rodeaban la Biblioteca de Alejandría. Naranjos e higueras mostraban la belleza de sus frutos ya maduros, el olor a frutas perfumaba el aire. Era el más apropiado ambiente para pensar y reflexionar.

—Que la paz sea contigo...

—Feliz noche y que la paz sea contigo, maestro.

A cada momento nos cruzábamos con estudiosos judíos que entraban y salían de la Biblioteca. Se saludaban y despedían cruzando las manos sobre sus labios:

—Que la paz sea contigo.

La conmovida gravedad de las salutaciones judías no nos alteraba ni nos distraía, al contrario, la atmósfera se prestaba para que ensayáramos disertaciones. Algo que llamaba nuestra atención era el hecho de que mientras que en Oriente existía una predisposición casi natural por los temas metafísicos o espirituales, Roma no engendraba místicos ni metafísicos. Creo, como afirmaba Teófilo, que los romanos somos gente de gran fortaleza, hombres que tienen la certeza de saber vivir y disfrutar lo material, pero incapaces de sentir o entender cierto género de preocupaciones. "Burócratas de la Filosofía", apuntaba mi amado amigo. Y yo me reía y le respondía:

—Mejor que por las calles de Roma no paseen fantasmas.

Caminando y hablando de estas cosas, teníamos la impresión de que crecíamos. Gautama Buda, el mago Jesús, temas permanentes de conversación cuando fatigábamos las suelas de nuestras sandalias. A diferencia de la gente que conocíamos, esta pareja de pensadores místicos se desenvolvía mucho mejor con el cerebro que con las manos. Lo que más admira Teófilo de las enseñanzas atribuidas a Buda es la tolerancia. No hay violencia en el pensamiento budista, se dice que al revés del judaísmo y de lo que realiza la secta cristiana de Roma, el budismo abomina del hierro y el fuego como instrumentos de persuasión. Dicen que los príncipes de la India que siguen las enseñanzas de Gautama Buda no tratan de imponer sus prácticas espirituales a sus súbditos. Pienso entonces que los budistas no son fanáticos y que al revés de los llamados cristianos, les hubiese sido imposible incendiar Roma.

XII

He vivido a la sombra de estos acontecimientos por casi cuarenta años, sé, por ejemplo, que los judíos cristianos de esta

Roma de Vespasiano han codificado una doctrina algo distante con las enseñanzas del mago Jesús. Escudriñando la memoria, recuerdo haber discutido con Teófilo acerca de las duplicidades que encontrábamos entre las enseñanzas del Príncipe Gautama y los sermones del judío Jesús. Aunque Gautama no rechazaba a los seguidores aristocráticos o de sangre real, intentaba, sobre todo, ganar adeptos entre la gente perteneciente a los estratos más bajos de la sociedad. Los budistas de clase alta eran considerados como una especie de renegados por sus compañeros de casta. Los sacerdotes indios del culto brahmán no miraban bien a Gautama Buda, pues consideraban que tras la enseñanza budista se ocultaba una crítica no solamente al sistema de castas sino a todo el ordenamiento político social. Creo que salvo Filón, eran muy pocos los que sabían que el mago Jesús basaba parte de sus enseñanzas en la experiencia de Buda, a quien seguramente admiraba. Otro detalle que hacía coincidir a estos dos místicos es que sus seguidores, en un caso y en otro, afirmaban que comprendían el lenguaje de los animales. Cuando especulábamos sobre estos personajes, me parecía que la sangre me fluía más deprisa, la garganta se me secaba y las piernas me temblaban tanto que finalizábamos nuestras caminatas y buscábamos la sombra de algún naranjo para proseguir nuestra conversación.

XIII

Fue a partir de las largas y entretenidas conversaciones con Filón cuando a Teófilo le nació el ansia de conocer al mago judío hijo de un soldado griego. Todo lo que había escuchado sobre él le parecía fascinante. Además, como Teófilo usaba su inteligencia para ver de lejos, estaba convencido de que Jesús alcanzaría tal fama que terminaría por llegar a Roma y lograr en la capital un alto reconocimiento.

Como en esos días Teófilo y yo constituíamos una especie de matrimonio feliz, pasamos muchas veladas alejandrinas imaginando nuestro encuentro con el taumaturgo. El hablar con él —vivíamos convencidos de ello— nos iba a conmover mucho más que todas las historias que habíamos escuchado. Sin embargo había algo que Teófilo y yo no habíamos pasado por alto: Filón, pese a la amistad y confianza que nos llegó a profesar, se había expresado libremente sobre la persona de Jesús, pero cuando sus asociaciones tocaron la cuestión política, se guardó bastante de no extenderse. Y claro, entendimos su actitud, ese disimulo cuidadoso en torno a la política, se explicaba casi solo. Yo era un romano y él y Jesús eran judíos. Ese hecho, creo, le exigía ser prudente. Y más en esos días, cuando de lo único de que se hablaba era de la rebelión judía y la llegada de su esperado Mesías liberador.

XIV

Sin duda que las habladurías y rumores entre los judíos en torno a la pronta aparición de un Mesías liberador están ligados a la dominación romana. Hay una búsqueda a través del rechazo a lo romano en particular, y lo extranjero en general. En el fondo, no se trata más que de una añoranza de la independencia perdida. Desgraciadamente, las grandes masas básicamente incultas no ven las ventajas de la civilización. Los pueblos de cultura modesta no hacen sino arrimarse a sus danzas y cantos tradicionales, a sus costumbres y, sobre todo, a su religión. Para estos pueblos cualquier mejora o avance no es sino una traba a su libertad. Esto trae como consecuencia que el pasado, aunque haya sido pobre y bárbaro, sea exaltado por encima de todo. Sobre esa base de insatisfacción y frustración, no es extraño, pues, que se levanten algunos individuos audaces y se proclamen redentores de su pueblo. Ello está ocurriendo en estas tierras. El asunto se complica más debido a que muchos funcionarios romanos hemos conversado con bastantes de ellos, ven estos anhelos de una nación que se siente oprimida como un enigmático rompecabezas. Algo de ello también ha pasado con Poncio Pilatos a tenor de las largas cartas que nos ha escrito. Menos mal que él tiene a su lado a Claudia Prócula, una mujer con el tacto y la inteligencia necesarias como para comprender lo que acontece.

XV

Fue por esos días, tiempos en los que todo lo anotaba en el papel, cuando Pilatos me remitió una larga crónica, por llamar de alguna manera a esos escritos, en la que, además de detallarme todas las tribulaciones que pasaba al no comprender muy bien al pueblo que gobernaba, me pedía muy cordialmente que viajase a Judea para que le asesorase en sus problemas con los judíos y, de paso, le sirviese como secretario.

Pilatos era sincero en su solicitud, sin embargo, intuí que detrás de todo se ocultaba una profunda desesperación por las cosas que habían ocurrido en Roma. Como se sabe, Pilatos había sido protegido de Sejano y, a su muerte, Macro, por encargo de Tiberio, había hecho rodar las cabezas de toda la gente que había compuesto el círculo íntimo del déspota y ambicioso hombre fuerte. No era pues difícil imaginarse los tremendos sentimientos de inseguridad que estarían acompañando a Pilatos. Sin duda, temía ser señalado como uno de los conspiradores. El tiempo demostraría que Pilatos andaba equivocado. Tiberio, viejo y todo, no era tonto. Imagino que el emperador había analizado fría y cuidadosamente la situación de Pilatos: si de verdad Poncio Pilatos hubiese participado en el movimiento sedicioso de Sejano, no habría salido de Roma. O, por lo menos, no habría ido a una provincia tan distante y tan difícil como Judea. Al revés de lo que imaginaba Pilatos, Tiberio, pienso yo, estaría convencido de la lealtad del Gobernador. Además, no era ningún secreto en Roma que la única gran devoción de Pilatos era su mujer.

Pero Pilatos, asustado por su antigua cercanía a Sejano, pensaba las cosas al contrario y su única preocupación en aquellos momentos era congraciarse con el César. Más allá de su verdadero interés por mi asesoría, el llamado que me hizo era una tentativa de aparecer ante los ojos de Roma como desligado de Sejano, toda vez que no era un secreto tampoco que mi desaparición de la urbe se debió a mi negativa a servir al sedicioso a través del *Acta Diurna*. Estoy seguro que de haber continuado en Roma, el entonces todopoderoso Sejano me habría hecho pagar con la vida esa reticencia. De hecho, me amenazó.

Nada de eso me deprimía, al contrario, nos reímos bastante del asunto y decidimos ir a Judea, no tanto para lo que me reclamaba Pilatos, eso ya lo vería en el propio terreno, sino para cumplir nuestros viejos planes y sueños, entonces multiplicados por la curiosidad —más de Teófilo que mía— de conocer al taumaturgo Jesús. Todavía no sabíamos que muchos ya lo consideraban como el Mesías prometido.

XVI

La Pascua, nos enteramos de inmediato, es la más grande de las fiestas hebreas. Los judíos celebran la salida de Egipto al mando de su viejo estadista Moisés ocurrida hace mil años. De todas partes del mundo llegan hasta Jerusalén una riada de peregrinos que convierten la ciudad santa de los judíos en una especie de gigantesco hormiguero. Pilatos me había escrito: "En esos días habrá en Jerusalén más de dos millones de personas. Estoy seguro de que me sentiré como metido en una inmensa trampa, ya que sólo dispongo de ochocientos hombres para controlar a ese tumultuoso gentío que dormirá en las calles, plazas, huertas y en el propio Templo. Por supuesto que espero disturbios. Podría disponer de más soldados y guardias, pero no debo hacerlo. Con las cosas que han sucedido, cualquier movimiento sería tomado como una provocación. Como entenderás, amigo, estoy casi desesperado. La que está fascinada es Claudia Prócula. Ella está convencida de que tú y tu amigo Teófilo compartirán su entusiasmo".

Leña al fuego. Cegado por su temor de que en Roma se pensase que también él había estado comprometido en la conspiración de Sejano, la única obsesión que pasaba por la cabeza de Poncio Pilatos era la de congraciarse de alguna manera con Tiberio. No podía dormir con la idea de que en cualquier momento llegaría de Roma la orden de su destitución y arresto. Se equivocaba, por supuesto, pero él no lo sabía. Así, el miedo le hizo concebir un proyecto que le pareció extraordinario: construir un gran acueducto en Jerusalén. La ciudad desde siempre había padecido de escasez de agua. Estaba convencido de que los judíos se lo agradecerían y de que en Roma lo mirarían como un sagaz administrador que había logrado pacificar a los revoltosos hebreos. Convencido de ello, decidió ponerse manos a la obra. La única persona que se opuso al proyecto de Pilatos fue su mujer. Claudia Prócula estaba de acuerdo con la necesidad del acueducto, mas no de la forma en que su marido pretendía financiar la obra. La esposa del gobernador, perceptiva como era, dio a conocer sus sentimientos:

—El remedio va a resultar más fatal que la enfermedad.

Pero el gobernador romano de Judea se mantuvo en su proyecto.

—Tengo que hacerlo para proclamar la gloria del César.

XVII

Algo de trabajo me costó conseguir los pasajes en el barco, sin embargo, tengo camarote propio y el viaje no ha sido tan lento como esperábamos. Hay buen viento, la nave es nueva y además de una formidable vela, tiene un equipo de remeros compuesto por jóvenes muy fuertes. A diferencia de la embarcación que nos trajo de Roma, el capataz no tiene necesidad de usar el látigo para que los remeros cumplan con su tarea. Nos dijo el capitán que esos jóvenes contratados son atletas y luchadores que a través de ese duro trabajo se entrenan para futuras competencias. El barco recorre las costas egipcias hasta llegar a Cesárea y luego a Sidón, en Siria; sin embargo, nosotros desembarcaremos en Joppe. El capitán ha calculado que eso será al atardecer del día de mañana, desde donde, seguramente en alguna caravana, nos dirigiremos a Jerusalén. Allí de seguro seremos invitados de Poncio Pilatos. Creo que salir de Roma fue una decisión sabia. He aprendido bastante; además, Teófilo y yo cada día nos entendemos más y mejor, creo que Alejandría ha ayudado mucho a que nuestra intimidad corporal se extienda a la fusión de espíritus.

XVIII

Desembarcamos en Joppe sin novedad y casi de inmediato nos pusimos en marcha hacia Jerusalén. Contratamos un par de camellos y a un guía que nos condujo sin prisas por las placenteras colinas de Judea. Era un paisaje muy diferente al que habíamos dejado en Egipto. Cumplido el primer día de jornada, nuestro guía nos condujo hasta una posada en la que comimos cordero, muy buen pan y tomamos excelente vino. Llegada la hora de dormir, le dije a Teófilo —los dos estábamos muy cansados— que yo quería dormir al aire libre, a la luz de la luna. Teófilo me entendió y, despidiéndose, se fue a dormir a la habitación que le habían asignado en la posada. Pernocté maravillosamente al lado de un pesebre. A la mañana siguiente, mientras liaba las mantas sobre las que había dormido, Teófilo, muy preocupado, me dio la noticia:

—Hemos llegado tarde. Ya no conoceremos al taumaturgo, Marcio.

—¿Qué dices? No te entiendo Teófilo —le respondí con algo de aturdimiento.

Teófilo me cogió las manos y mirándome fijamente a los ojos me espetó:

—Esta mañana he hablado con el posadero. La hija de este hombre ha estado en Jerusalén y le contó que Pilatos, presionado por los sacerdotes del Templo, mandó crucificar al mago que buscamos. Hace dos días nada más.

—¿Crucificado? ¿Por qué?

—Sedición. El posadero no sabe mucho, pero por lo que le he escuchado parece que ese Jesús se dedicó a lo que nuestro amigo Filón de Alejandría ya había imaginado: la política. Y han sido los propios sacerdotes quienes lo han acusado de dirigir la rebelión contra Roma.

La idea de no llegar a conocer a un tipo que nos habíamos imaginado tan especial me consternó un poco. Me quedé pensativo. Fue Teófilo el que siguió hablando.

—Sí, es una gran frustración, Marcio, pero si nos apresuramos llegaremos para verle morir. No será nada grato contemplar la agonía de un crucificado, pero si el tipo es fuerte como nos lo describió Filón, por lo menos lo veremos expirar. Estamos a una sola jornada de Jerusalén, así que si partimos ahora, llegaremos a la ciudad con la aurora de mañana.

—Tienes razón.

Empacamos casi de inmediato y nos pusimos en marcha. Esta vez no hicimos el viaje por senderos, sino que cogimos la espaciosa carretera militar que nos llevaría a la ciudad. Esta segunda parte de nuestra marcha fue muy diferente a la primera. Cada cierto trecho nos dimos con amontonamientos: varias cohortes de soldados romanos y guardias judíos detenían a las caravanas al borde de la carretera. Los soldados parecían preocupados con su inspección. Me di cuenta de que no permitían que se levantasen las múltiples formas y colores de las tiendas de los nómadas. A estos los hacían sentar en fila al borde de la carretera, mientras guardias y soldados rebuscaban minuciosamente en las carpas.

Era muy difícil distinguir judíos de árabes entre los examinados, casi todos eran hombres robustos y fuertes con una blanca chilaba adornada de amuletos. Bastantes de ellos llevaban brazaletes de oro en las muñecas y tobillos. Era evidente que la preocupación de los soldados y guardias se dirigía más hacia aquellos que llevaban consigo el puñal encorvado, la sicca. A los portadores del arma se la decomisaban y los ponían en una fila aparte. Nosotros, luego de identificarnos, no tuvimos problemas.

Antes de seguir nuestra marcha cambié algunas palabras con un joven teniente romano que no parecía muy feliz con su tarea policial. Le pregunté por las razones de la medida. Me contestó lo que sabía:

—Se supone que estamos buscando a un muerto. Y también a unos rebeldes. En realidad estamos sirviendo a los sacerdotes judíos. Son ellos los que han pedido ayuda al gobernador. Es un pleito de judíos que se ha comprado Pilatos, pero en el fondo no veo más que lo que he visto siempre desde que llegué aquí: el conflicto de los ricos contra los pobres. O al revés, si quiere. Buen viaje, ciudadano.

LOS SENDEROS
AL PARAÍSO

LOS SENDEROS AL PARAÍSO

Como lo teníamos previsto, con las primeras luces de la mañana hemos avistado la ciudad santa de los judíos. Pese a que era muy temprano, el viento seco y el calor del sol irritaba nuestras gargantas. A pesar de ello, y luego de beber varias bocanadas de agua, Teófilo y yo decidimos trepar sobre una ladera y contemplar desde allí el perfil de una ciudad sobre la que tanto nos habían hablado. Dejamos el camino al guía y luego de un buen esfuerzo alcanzamos la parte alta de la ladera y conseguimos apreciar un gran panorama de Jerusalén: los edificios inconfundibles del teatro y el circo, el cinturón de piedra de las murallas, la fortificada solidez de la Fortaleza Antonia, las puntiagudas torres del palacio de Herodes el Grande, pero por encima de todo, el deslumbrante esplendor, maravilla de la arquitectura, del Templo de Jerusalén, centelleante combinación de mármol y oro. Contemplé ese edificio por largos minutos, durante ese tiempo, sentí dentro de mí fervorosas e inexplicables ansias. No me di cuenta en el mismo momento. Ya llegando de vuelta al camino donde nos esperaba nuestro guía, Teófilo me hizo notar que de mis ojos brotaban incontenibles lágrimas. "Debe ser el sol" —le dije— pero no era verdad. Yo sabía que lloraba a causa de una indescriptible pena.

II

—¡Alabado sea el Señor resucitado! ¡El Mesías ha vuelto!

—¡El Mesías ha vuelto!

Dicen, nos dirán, que el mago Jesús fue el último de los judíos que entre vítores de la multitud, arcos de flores y ramos de olivo entró en triunfo a Jerusalén. Casi cuarenta años después, los insurrectos judíos dirigidos por Simón Bar Koseba, llamado por su gente Bar Kojba, también entraron en la capital de David y Herodes el Grande, pero no hubo flores ni alabanzas, solamente ruido de armas y gritos desesperados de guerra y muerte. Al final esta extraña, misteriosa y venerada ciudad fue reducida a su más mínima expresión por Septimio Severo, el general comisionado por Tito para tal misión.

He conocido ciudades majestuosas e importantes, mi Roma, Alejandría, Atenas y otras muchas; sin embargo, a pesar de que la capital de los judíos no podía competir, ni mucho menos, en materia de belleza urbana o edificaciones, Jerusalén contagiaba un aire a sus visitantes: allí nadie tenía la impresión de haber franqueado una frontera o estar pisando tierra extraña o extranjera. Y por supuesto, podrían hasta sobrar razones para sentir exactamente lo contrario, los varones de la ciudad tenían fama de soberbios y las mujeres de altivas e intratables. A pesar del tiempo transcurrido y de su total destrucción, hay momentos en que me basta cerrar por un instante los ojos para sentirme de nuevo en la fascinadora ciudad.

Los judíos dicen que la primera historia de la ciudad se pierde en la oscuridad de los tiempos, pero Filón, a pesar de su filiación de judío alejandrino, amaba y respetaba a Jerusalén y podía hablar, creo que perfecta y puntualmente, de la historia y milagros de la ciudad santa, de sus antepasados.

Si hemos de creer en lo escrito, así comenzaba siempre Filón sus explicaciones, la ciudad, por su situación geográfica, ya era un emplazamiento militar hace tres mil años y estaba ocupada por la tribu de los jebuseos quienes, aprovechando su posición excepcional, empezaron a levantar lo que andando el tiempo llegó a convertirse en una de las más importantes plazas de guerra de Oriente. La ciudadela primitiva, levantada entre rocas y túneles naturales de piedra, parece, según los documentos revisados por Filón en Alejandría, haberse dedicado en sus primeros tiempos a la elaboración de objetos de arcilla usados para execrar maleficios y enfermedades. Estos objetos rituales todavía son denominados *Urusalim* por algunos grupos nómadas de los desiertos, de allí deviene la palabra *Yerusalem*. Aquí, los judíos, tan propensos al nacionalismo, hablan de Yerusalem como una forma ambigua de identificar a Salomón, el rey israelita que construyó el magnífico Templo de la ciudad. Posteriormente, y ya conversando con Léntulo y otros oficiales romanos que conocí en la época de Pilatos y Claudia Prócula, llegué a saber que en algunas galerías excavadas bajo las rocas de las murallas hay una impresionante disposición de pozos de agua alimentados por un canal subterráneo que lleva el líquido desde la fuente de una gran gruta en el valle de Cedrón. Esa agua, completamente al abrigo de miradas curiosas y fuerzas sitiadoras, convirtió a la ciudad originariamente habitada por los jebuseos en una ciudad comprensiblemente difícil de ser militarmente arrebatada. Y fue ese acceso permanente al agua lo que convenció al rey judío David de hacerla la capital de su reino.

Los jebuseos, nombre dado a una laboriosa tribu procedente de Canaán, no fueron expulsados por David. El Rey judío una vez instalado allí tuvo el tino de permitir que los primitivos habitantes de la ciudad permanecieran en Jerusalén, toda vez que este pueblo consideraba el lugar como sagrado. Con la instalación del Arca de la Alianza y la construcción del gran Templo de Salomón, Jerusalén pasó a ser considerada una urbe doblemente sagrada.

Pese a que a través de la historia por esa ciudad se habían derramado verdaderos ríos de sangre, la Jerusalén que yo conocí daba la sensación de ser un espacio de paz profunda. Teófilo, no podía ser de otra manera, también aportó lo suyo en esta suma de historias sobre la ciudad. Mi querido amigo aseguraba que esa sensación de paz venía de las épocas en que Alejandro tomó la ciudad sin hacer uso de violencia alguna, recurso que sí había usado para vencer a los judíos de Gaza. El conquistador griego se limitó a visitar el Templo e, impresionado por el fervor religioso de los judíos, no despojó a estos del privilegio de seguir administrando y dirigiendo la ciudad. Pero Seleuco IV, el intolerante y rapaz monarca de Siria, no tuvo ningún miramiento con los conquistados judíos: los ornamentos y riquezas del Templo le sirvieron para solventar sus lujuriosos excesos y estrambóticas aventuras militares. El sucesor de Seleuco, Antíoco IV, fue aún más grosero y provocador: erigió en el Templo que los judíos habían dedicado a su Jehová un gigantesco santuario de Zeus Olímpico e intentó que los vencidos hiciesen las mismas ofrendas y sacrificios que a su propio Dios. Los judíos, como era de esperar, prefirieron la muerte y el martirio antes que faltar a sus votos religiosos. Pero no todos siguieron ese camino: Judas Macabeo, a quienes sus coetáneos llamaron también Mesías, inició la rebelión contra los greco-sirios.

El primer objetivo de Judas Macabeo fue la reconquista de la ciudad santa y su Templo. Consiguió su meta y como liberador entró a Jerusalén a la grupa de un asno blanco y se hizo acompañar de una guardia de *corps* que no llevaba armas en señal de sumisión a su dios. Los judíos de la ciudad lo recibieron entre vítores, arcos de flores, palmas y ramos de olivo. Pasaron casi cien años antes de que el poco sesudo Pompeyo penetrara en el venerado santuario cabalgando un caballo y gritando furiosamente su frustración:

—¡¿Dónde diablos está el Dios de los judíos?!

III

A Jerusalén entramos por la llamada Puerta del Norte, situada sobre la parte de la muralla que mira los caminos hacia Cesárea, Marítima y Samaria. Es una ciudad de grandes contrastes: junto a la grandiosidad helenística de muchos edificios, se extienden calles estrechas y tortuosas con casas muy bajas. Estas viviendas tienen pocos adornos y muchas de ellas carecen de tejado. El sol cae a plomo sobre la piedra blanca de las construcciones, proyectando destellos y sombras desordenadas. A cada paso hay mercadillos sobre los que se amontonan nerviosos grupos de personas: una especie de caleidoscopio de lenguas, atuendos y colores. Uno escucha hablar griego, arameo, hebreo y muchos dialectos desconocidos. No hemos tenido que caminar demasiado para llegar hasta la fortaleza Antonia, situada precisamente en la misma plaza donde se levanta el venerado Templo de Jerusalén. Ha sido construida sobre una inmensa roca que en su base fue recubierta con una blanquísima y bien pulida piedra que se asemeja al mármol. Vista desde afuera, la fortaleza Antonia tiene el aspecto de un gran palacio, pero cuando uno ya está en el interior nota que se encuentra dentro de una ciudadela. Hay habitaciones de todas las formas y tamaños, galerías, baños, pequeñas plazoletas, jardines, estanques y cuarteles para las tropas. Al llegar, el centurión de guardia nos condujo hasta una habitación espaciosa donde unos esclavos nubios nos sirvieron agua fresca y vino. El centurión de guardia desapareció. A los pocos minutos entró otro oficial romano, Cornelio Léntulo, asesor militar de Poncio Pilatos. Fue este oficial quien nos dijo:

—El Procurador está atendiendo a algunos judíos, tiene que ser muy atento con sus comedias y tragedias. Ahora mismo se están quejando porque el Predicador galileo se ha escapado de su tumba.

El Coronel romano pronunció las últimas palabras con un dejo de ironía sonriente; luego, siguió hablando.

—El Procurador se ha mostrado muy complacido por la llegada de ustedes y me ha pedido ponerme a su disposición mientras suspende su reunión. En cualquier momento estará con nosotros.

IV

—Es un gran alivio verles por aquí. Estoy seguro de que ustedes me ayudarán a vencer algunas preocupaciones.

Esas fueron las amistosas palabras de Poncio Pilatos mientras nos abrazaba para darnos la bienvenida. Su sonrisa mostraba una sincera alegría, pero sus palabras también mostraban una nerviosa ansiedad.

—Son los días y noches más largos de mi vida. Tengo que hacer de juez y árbitro de bandos judíos irreconciliables y sofocar una rebelión.

Estábamos rendidos por el cansancio del viaje y Pilatos, dándose cuenta de ello, pidió a Cornelio Léntulo que nos condujese al ala de la ciudadela reservada a los huéspedes. Luego de nuestro descanso, nos dijo, podríamos cenar juntos esa noche, entonces nos pondría al tanto de la conflictiva situación en que se encontraba su gobernación. Reiteró que nuestra presencia iba a ser muy importante para ayudarle a resolver problemas. Se despidió diciendo que su mujer, Claudia Prócula, nos iba a acompañar durante la comida.

—Ya he mandado un mensajero a Cesárea para que venga. Ahora sí creo que podremos tener esa cena que se frustró en Roma a causa de la llamada a Capri del Emperador.

V

Desde muy al comienzo de nuestra llegada a Jerusalén y apenas confirmamos la desaparición del Predicador y el consiguiente detalle de la tumba vacía, nos precipitamos con mi recordado Teófilo a deducir algunas conclusiones. A falta de otra ocupación buscamos reconstruir racionalmente algunos sucesos. Para empezar, coincidimos en una primera certeza basada en los testimonios que recogimos en esos primeros confusos y contradictorios días: el discutido mago había sido llevado al madero de la crucifixión a eso del mediodía del viernes, pero luego de cuatro horas, a golpe de tres de la tarde, los legionarios lo bajaron de allí.

—De seguro que no bajó intacto —aseguró Teófilo. Y yo no lo dejé terminar la frase y dije:

—Pero sí casi ileso, amigo.

Ambos nos reímos. Esa risa era la forma de decirnos que entendíamos el nuevo desafío: buscar al desaparecido.

VI

El proyecto de Pilatos está en marcha. La idea de desviar las aguas que bajan del manantial de Ain Atan en Hebrón, y canalizarlas a través de un acueducto que llegue a Jerusalén, es grandiosa. El canal medirá sesenta kilómetros y Pilatos ha contratado a los mejores ingenieros egipcios para que se hagan cargo de la obra que, como es de suponer, será costosísima. El Gobernador romano de Judea ha obtenido los fondos echando mano al patrimonio del Templo en Jerusalén. Y claro, eso ha dado lugar a un sinfín de protestas, alborotos y rebeliones de los judíos, muchos de los cuales están convencidos de que la hora ha llegado. El tiempo anunciado para la liberación del yugo romano y la restauración del reino de Dios. Y de Israel, tierra abonada y peligrosa. Hablar de la llegada de un nuevo reino divino, curar a los enfermos y distanciarse de los sacerdotes del Templo ha hecho que mucha gente se convenza de que Jesús es precisamente el hombre que estaban esperando.

VII

Gallinas, corderos, miel y aceitunas. Aroma de manzanos y naranjos. Un cielo celeste y tranquilo parece resguardar los cultivos que envuelven la región. Es más fácil alimentar a toda una legión en Galilea, que a un niño en el resto de Israel. Es lo que se dice. Y con razón. Galilea tiene una extensión de cincuenta kilómetros de este a oeste y setenta y cinco de norte a sur. Allí viven cerca de trescientos mil habitantes. Gente risueña, altiva y orgullosa de sus campos llenos de flores y viñedos. El agua y los manantiales parecen sobrar. Las granjas rebosan de higueras y vides. El vino desempeña un papel muy importante en la alegría y la altivez de esa gente. Tórtolas, alondras y mirlos alegran ese paisaje galileo. Las casas son de cedro noble. Granados, naranjos, tortugas y cigüeñas dan un especial toque a esa campiña envidiada por la gente de las ciudades. Independiente y bravía. Galilea se ha erigido como el gran bastión de la resistencia anti-romana. Tampoco ocultan los galileos su rencor hacia los capitostes judíos de Jerusalén. Y tienen sus razones.

VIII

Hay una gran distancia entre Galilea y Jerusalén. En riqueza y costumbres. Desde siempre, las viejas historias de la gran ciudad hablaron de un pueblo bello que vivía allá lejos, hacia el oeste, y que había descubierto muchas cosas desconocidas. Era un pueblo rico y poderoso: Kitión. Los judíos cultos y ricos de Jerusalén no tienen vergüenza de su helenización. ¿No es posible vivir en el mundo empleando tal o cual cosa, un jarrón, un género, una herramienta, hasta una forma de hablar y pensar, sin saber que la crearon los griegos?

Los judíos cultos de Jerusalén no ignoran el precio pagado por la helenización. Los greco-egipcios, los greco-sirios y los romanos también trajeron el dolor y la pérdida de libertad. Y mayores divisiones.

Los judíos del campo, particularmente los galileos, odian a los judíos de la ciudad. Sin embargo, los judíos de la ciudad no odian a la gente del campo, simplemente la desprecian.

IX

Son gente especial esos galileos. Autónomos, revoltosos y con espíritu tribal. Los judíos de la ciudad los llaman ignorantes porque su arameo no se comprende muy bien. Inmersos en un paisaje de tranquilidad y buenos vinos, les gusta comer y beber bien, pero no tanto como para llegar a quebrantar las estrictas leyes del judaísmo. Religiosamente puritanos, respetan la santidad del Templo de Jerusalén, mas no a los sacerdotes. Los galileos van a Jerusalén solamente de paso, como peregrinos, por la Pascua. Los galileos cumplen con las ofrendas al Templo y se vuelven. Y todos ellos, luego, te pueden relatar la misma historia sobre Jerusalén y la gente de la ciudad. Dicen que los judíos de Jerusalén no son judíos, pues tienen vergüenza de pertenecer al pueblo de Moisés, y que están preparados para convertirse en griegos, en romanos, en cualquier cosa. Cultos se llaman. Y pueden serlo, pero no son judíos, aseguran.

Los romanos, en su mayoría, viven en ciudades, como los griegos. Los romanos como los griegos observan el campo desde sus ciudades. Con los judíos es al revés. Ellos miran la ciudad desde el campo, desde la aldea. Los galileos ven la ciudad como un vivo símbolo de la helenización. A los ojos de la gente del campo, Jerusalén, con sus mármoles y sus edificaciones de piedra blanca, parece una joya, una perla altiva y arrogante, con sus calles limpias, lavadas cotidianamente con agua de los acueductos. Llegar de Galilea a Jerusalén es como salir de un jardín y entrar en una extraña jaula de torres altas y briosas, pero jaula al fin y al cabo. "Los judíos de la ciudad —dicen los galileos— se sienten incómodos con el arameo o con el hebreo, hablan latín y, sobre todo, griego. Ya no son judíos, han abandonado las barbas, las capas listadas y los pantalones de lino; circulan con las piernas desnudas, a la manera de los griegos y romanos. Usan túnicas y se someten a dolorosas operaciones para borrar las señas de la circuncisión. Así van a los baños. Como los griegos, se rizan el pelo y las pestañas, se perfuman y se pintan los labios igual que las mujeres. Se acuestan con mancebos, como los paganos, como los griegos y romanos. Los judíos de la ciudad desprecian a los galileos porque estos huelen a tierra. Se mofan de nuestras barbas y nuestra ropa. Afeitados, lo único que les interesa es que llenemos sus cisternas con nuestro aceite de oliva, nos dan miserias por nuestro cuero y nuestro papel. Nos exprimen, nos roban, nos imponen tributos que se reparten con el invasor extranjero. Ellos, los ricos, los sacerdotes y los romanos, nos tienen bajo el talón. Pero eso se acabará. El Mesías está por llegar. Si no ha llegado ya. La liberación, así está escrito, vendrá de Galilea".

X

Era galileo y, por mucho tiempo, los aldeanos más simples, por las palabras que decía, estuvieron convencidos de que era el prometido Mesías. Dios, afirman, hablaba por su boca. Pero no. A Juan Zacarías, la gente que pululaba por las desérticas orillas del río Jordán, lo conocía mejor como el Bautista. Loco, profeta, fomentador de rebeliones —eso también dicen de él— algo tenía de todo eso. Alto, delgado y pálido, Juan vagaba por los desiertos, vestido con un largo manto hecho de pieles de camello, ceñía su cintura con un grueso cinturón de cuero y se alimentaba únicamente de langostas y miel de abejas. Su palabra era como fuego encendido: "Vengo de la ciudad, he dejado atrás las casas blancas de Jerusalén, un lugar que ha dejado de ser la ciudad de Dios. La ciudad es un estadio griego donde judíos desnudos lanzan el disco y hacen carreras. Las posadas son fumaderos de hachís y las judías pintadas llevan un seno caído fuera de las vestiduras. El Templo de Salomón está colmado de mercaderes beduinos, rufianes, prostitutas, griegos, sirios, fenicios y egipcios que por unas monedas compran la bendición de los sacerdotes del Dios de Israel. Esos sacerdotes mercenarios recibirán una paga por su crimen. La hora se acerca. La hora ha llegado". Muchos lo creyeron el prometido

Mesías, cosa que él desmentía, pero era en vano, porque la gente lo seguía y, aunque no hacía milagros, poco a poco se fue llenando de adeptos. Juan, resignado, siguió con lo suyo: anunciando el Juicio Final y bautizando aldeanos y labradores. Hasta el día en que se volvió a reencontrar con Jesús a orillas del río.

XI

Juan conocía a Jesús de muchos años atrás, de la época en que estudiaron juntos en Qumrán. Los dos pertenecían, en esos momentos, a la secta de los esenios o curadores. Y ambos habían abrazado los votos nazarenos, es decir, prometieron una abstinencia ritual consagrada a Dios. El voto nazareno no era permanente entre los esenios, sino que se renovaba por períodos que iban entre los dos y tres años. La palabra *nazareno* tiene su origen en el vocablo hebreo *nazir*, que significa "consagrado". Los esenios remontaban el origen de ese rito a Sansón, el Hércules judío, cuya sobrenatural fuerza descansaba en no permitir que la navaja tocara su cabello. Según los esenios, esta costumbre, sumada a la de no ingerir alimentos impuros, dotaba a los hombres de una fuerza desconocida.

La trayectoria de Juan dentro de la secta fue muy diferente a la de Jesús. Mientras este último siempre apareció como un ser tranquilo y mesurado, incapaz de violencias físicas o verbales, el Bautista era lo opuesto; alborotador e intransigente, no toleraba que se le recordasen sus obligaciones, lo cual le provocaba continuas fricciones con muchos miembros de la hermandad de la que al final fue prácticamente expulsado. Solamente Jesús, comprensivo, sintió la partida de Juan y así se lo hizo saber. Más tarde, a raíz de sus fustigadores sermones en el desierto —prácticas nazarenas— se acordaba permanentemente de aquel médico sereno y amistoso que se había apenado por su partida. La única persona, sin duda, que lo comprendía. Para un cerebro alborotado como el de Juan, no fue difícil imaginar, más tarde, que aquel camarada bueno y lleno de sabiduría era el Mesías que esperaban los galileos.

XII

Lo vio venir de lejos. Temprano en la mañana, al principio, Juan pensó que se trataba de uno de los tantos grupos de marginados que llegaban por allí a buscar consuelo en sus palabras, pero luego, a medida que el cortejo se acercaba a la orilla del río, lo reconoció. Era un grupo dispar el que venía con Jesús: tres hombres rudos y toscos; un joven extremadamente pálido, pero de sobresaliente belleza; otro, más o menos de la misma edad de Jesús e inusitadamente bien vestido; y tres mujeres, una de las cuales era una verdadera hermosura. Limpia de afeites, la muchacha que tomaba del brazo a Jesús tenía los ojos cristalinamente verdes y, pese a que el pañuelo de paño crudo cubría su cabeza, algunos rizados mechones rubios caían sobre su rostro. Juan, al principio, no supo qué hacer con la sorpresiva visita de su antiguo camarada de estudios, con quien había compartido la misma mortificación espiritual. Finalmente, al cabo de unos segundos, se dejó caer de rodillas para besar la mano de Jesús.

—Maestro divino, ¿cómo has llegado a mí? —preguntó lleno de emoción el Bautista. Jesús, con distante y atrayente sonrisa, acarició con la mano que le quedaba libre la cabeza del hombre. Luego pidió al estremecido Juan que se levantase. Solo cuando este se puso de pie empezó a hablarle:

—He sabido de tu ministerio, Juan, por eso hemos venido, queremos recibir el bautismo de tus manos.

Al escuchar esas palabras otra vez, parecía que Juan se fuera a desmoronar; y casi sollozante, le contestó:

—¿Quién soy yo maestro, para poner mis manos sobre ti?

Y Jesús, con serenidad, le replicó:

—Tú eres un muy querido hijo de Dios.

XIII

Para la gente de esos entornos, ese fue un día diferente. Juan, para sorpresa de muchos de los devotos que empezaron a llegar luego del bautismo de Jesús y sus acompañantes, se pasó la mañana hablando largamente con su antiguo camarada de Qumrán. A su vez, los seguidores de ambos profetas se instalaron a conversar a orillas del río. El grupo parecía inusitadamente alegre y se distraían comentando acerca de las enseñanzas que recibían de sus respectivos maestros. Al empezar la tarde, y mientras Jesús y los suyos se preparaban para ponerse en camino, algunas voces de los discípulos de Juan se alzaron. Pedían un milagro a Jesús, quien hizo como si no hubiese escuchado tales demandas y, luego de despedirse cariñosamente de Juan Zacarías, se puso en marcha. Extrañamente, el grupo que seguía unos pasos tras él se había ensanchado. Bastantes miembros de la cofradía de Juan hacían el mismo camino, charlando con los acompañantes del respetado mago.

A partir de aquel encuentro de profetas a orillas del río Jordán, todo cambió. Coincidencia o lo que fuere, ese bautismo, palabra que proviene del griego "limpiar", provocaría una serie de sucesos que no estarían exentos de tragedia.

XIV

El desprecio y la rabia de los judíos no solamente alcanzaban a los dominadores romanos. Esos sentimientos eran aún más violentos para "los sirvientes del invasor", es decir, la dinastía gobernante de los Herodes. Pero el colaboracionismo de los soberanos judíos con los romanos también ocultaba otros odios: esos reyes no pertenecían a la casta de David, eran idumeos, árabes, que poco más de un siglo atrás habían sido vencidos y sometidos por los judíos, quienes les obligaron a abrazar su religión y a circuncidarse. Pero fue a raíz de que los romanos nombrasen a un idumeo como soberano cuando las viejas heridas empezaron a abrirse de nuevo. "Árabes malditos", "casta de usurpadores", "delatores", "raza maldita".

La casta reinante de los Herodes, si bien creyentes, no observaban muy puntualmente los principios religiosos judíos, su mayor ambición consistía en pasarla bien, enriquecerse más y evitar cualquier choque con el Imperio Romano. Esta última preocupación, a veces, llegaba hasta el servilismo y la adulación. Contra esa dinastía odiada, más que contra Roma, el Bautista preparaba un golpe de mano que, estaba convencido de ello, sería apoyado por todos los judíos. Esa certeza de derrocar a la detestada dinastía de los Herodes se vio más reforzada luego de su encuentro con el profeta Jesús. Juan, ofuscado, no intuyó siquiera lo que el destino le tenía preparado.

XV

Más o menos setenta años antes de estos acontecimientos, Herodes el Grande había sido elevado al trono por los romanos. Hijo del jefe tribal idumeo, Antípatro, y de una beduina árabe, Kypros, los judíos siempre se sintieron insultados por esa carencia de realeza en la sangre de los Herodes, de allí que desde entonces los tuviesen como usurpadores del trono. Herodes el Grande, desde un comienzo, tuvo que nadar entre dos aguas. Para reconciliarse con sus gobernados judíos, reconstruyó de manera grandiosa el Templo de Jerusalén. Pero, a la vez, tenía que dar señas de su romanización, así que cuando iba a Roma ofrecía sacrificios en el Templo de Júpiter. Pero los religiosos no eran los únicos problemas que tenían los Herodes. Los viejos aristócratas judíos los odiaban no solamente por razones de linaje, sino también porque tenían que pagar los tributos para mantener esa corte romanizada y hereje. A medida que pasaba el tiempo, la distancia entre gobernados y gobernantes se hacía cada vez mayor. Herodes el Grande, por obvias razones, desconfiaba de los judíos, así que el Ejército que le permitían tener los romanos estaba compuesto mayormente por griegos, sirios y otros mercenarios extranjeros. También la burocracia y las funciones públicas, con excepción de las tareas religiosas, estaban controladas por elementos foráneos, mayormente helénicos. Eran estas pugnas internas, astutamente manipuladas por Roma, las que tras la aparente inseguridad permitían la estabilidad del Imperio de los Césares. Así, muchas veces los romanos aparecían como distantes de esos problemas. En medio de ese panorama, el Sanedrín judío, buscando tener mayor autoridad que Herodes sobre los judíos, que de hecho la tenía, instigaba, no muy secretamente, al pueblo contra el gobernante impuesto por los romanos. A su vez, los Herodes, que viajaban a menudo a Roma, complotaban contra los sacerdotes, acusándolos de planear, al amparo del Templo, una rebelión contra la autoridad del César.

XVI

Al morir Herodes el Grande, Herodes Antipas heredó no solamente el dominio de Judea sino también todos los rencores y problemas que habían sido características del reinado de su padre. Herodes Antipas, al igual que su antecesor, tenía que seguir jugando a las dos caras. Para buscar acercarse a los judíos, hizo acuñar monedas sin imágenes y cada año acudía entre los devotos al peregrinaje a Jerusalén. Y como a la vez se sentía obligado a contentar a los romanos, mandó construir una ciudad nueva, Tiberiades, en homenaje al Emperador. Y no solo eso: cada vez que estallaba alguna revuelta o rebelión tenía que enviar a sofocar la sedición a su ejército mercenario, que justamente por no estar compuesto por judíos, actuaban con extremada crueldad y salvajismo. Como normalmente los motines o rebeliones se daban entre los galileos, eran estos los que andaban desesperadamente en busca de un líder, el Mesías, que pusiese fin a tanto abuso y herejía.

XVII

—¡El día ha llegado! ¡El Señor no se ha olvidado de su pueblo! ¡Demos gracias a Jehová que sus ejércitos están listos para exterminar tanta impiedad y herejía!

Juan, *el Bautista,* ya no se asemejaba a un profeta rural y, aunque no tenía ningún talento militar, parecía un caudillo. No era más el anacoreta solitario. Las orillas del Jordán donde otrora bautizase devotos, se habían convertido en un campamento al aire libre. Juan, es cierto, seguía predicando y bautizando, pero sus seguidores —según los espías enviados por las autoridades— ya no eran únicamente vagabundos y jornaleros piadosos. Ahora, con ellos se mezclaban bandidos, ladrones y, sobre todo, los temidos zelotes; es decir, miembros de la secta clandestina armada que habían jurado acabar con el orden reinante y expulsar al invasor romano.

XVIII

Herodes Antipas solía ir a Roma con frecuencia, era uno de los precios que pagaba al César. Y fue precisamente durante su último viaje a la gran urbe cuando conoció y se enamoró perdidamente de Herodías, la atractiva mujer de su hermano Herodes

Filipo. La pareja residía en Roma y mientras Herodes Filipo, muy interesado en la política romana y sus avatares, se pasaba aconsejando y haciendo amistades entre los poderosos, Herodías y su adolescente hija Salomé se aburrían soberanamente. Harta de la vida de anonimato que tenía que llevar como esposa de un príncipe judío en Roma, la mujer abandonó a Herodes Filipo y regresó a Judea como amante de su cuñado.

En Roma, el asunto de los Herodes pasó casi desapercibido. Provocó algunos chistes entre los cortesanos, pero no fue a mayores. En cambio, en Palestina, los incestuosos amantes se las vieron con tempestuosas reacciones. La primera llegó a través de Zaida, la esposa legítima de Herodes Antipas, quien era hija de Aretas IV, Rey de los árabes nabateos. Apenas la mujer supo de la traición de su marido, buscó refugio en el reino de su padre. Aretas IV, indignado, juró vengar a su hija y llamó a los suyos a las armas.

No hubo guerra porque los romanos mediaron en el conflicto, pero Roma amenazó abiertamente a Herodes Antipas: se le despojaría del poder en caso de que no lograse controlar los continuos levantamientos entre sus súbditos.

XIX

Como era de prever, Juan creyó que la hora de los cambios había llegado y aunque en sus arengas y discursos contra Herodes Antipas situaba la religión en primer plano, muchos de sus acólitos, zelotes revolucionarios, tenían otras ideas en mente: acabar primero con el soberano corrompido, para luego lanzarse contra los romanos. Juan, absorto con su idea, no de ser el Mesías sino su personal Embajador, no medía el alcance de sus palabras.

—La hora del gran juicio ha llegado. El incesto de Herodes y la ramera Herodías es la última ofensa que puede tolerar el Dios de Israel.

Y la gente que le rodeaba, cada día más numerosa, le aclamaba y aplaudía. Y el discurso se seguía repitiendo y trasmitiendo de boca en boca, de aldea en aldea. Para muchos oídos, esas palabras eran el anuncio de la esperada rebelión.

Justamente en esos momentos, el procurador Poncio Pilatos, preocupado por su propio destino, había confiscado parte de la riqueza del Templo para poder sufragar la construcción del acueducto para Jerusalén. Aquella medida fue como echar leña al fuego despertado por el incesto de Herodes. Un grupo de galileos, en las cercanías del Templo, pifió, primero, a un pelotón de soldados romanos que se dirigía a su cuartel de la fortaleza Antonia. Pero luego de las pifias, vinieron las piedras y el relucir de siccas.

Los romanos, tensos como estaban por los rumores de rebelión, respondieron al ataque, mientras que parte del pelotón iba por refuerzos a la vecina fortaleza Antonia. El final fue trágico: una carnicería que tiñó de sangre las puertas del Templo. Treinta galileos atravesados y descuartizados; los romanos tuvieron dos bajas.

Herodes Antipas, enterado de lo ocurrido, quiso sacar provecho del asunto y buscó atenuar las candentes relaciones con los galileos, enfrentándose abiertamente con el representante del César en Judea. Haciéndose acompañar por dos sacerdotes del Sanedrín, pidió una inmediata audiencia con Pilatos para protestar por la matanza de sus súbditos.

Pero Pilatos no era tonto. Tenía ya preparada su respuesta:

—Esos galileos eran sediciosos. Esos galileos protestaban no contra el César, sino contra el apoyo que los romanos damos a un gobernante que consideran indigno. Eres tú, Herodes Antipas, quien ha gestado esa sedición. Ni a mí, como representante del César, ni a los romanos nos interesa tu vida personal, es cosa tuya que duermas con tu cuñada, con tu hermana y con tu sobrina. Eso no importa. Esas son cosas de judíos. Pero si tú no puedes controlar las iras que desatas entre tus súbditos, eres un mal gobernante, Herodes. Y sabes que ahora mismo los galileos dicen que ha llegado tu hora. ¿Y qué haces para evitarlo? Nada. Vienes a quejarte por la muerte de unos sediciosos. Debieras alegrarte, Herodes, de que los soldados de Roma, la generosidad del César, hayan protegido tu trono. Pienso que ya es tiempo de que te comportes como aliado leal del Imperio y pongas fin a la sedición que se incuba en tus dominios.

Y Poncio Pilatos no dijo más, se levantó bruscamente de su sillón oficial y se retiró de la sala de conferencias. Herodes Antipas y la pareja de rabinos que le acompañaba quedaron de una sola pieza. Luego de unos minutos de indecisión y silencio, partieron del lugar.

XX

—Mi nombre es Jesús Bar Abbas, pero prefiero que me llamen solamente Bar Abbas. Más adelante, cuando hayamos terminado con los enemigos de nuestro pueblo, me pondré un nuevo nombre; mientras, seré Bar Abbas, el hijo de Abbas.

El hijo de Abbas o Barrabás, como le llamamos los romanos, es otro galileo singular; alto, fornido, cabello color caoba, ojos claros y piel intensamente tostada por el sol, jamás oculta su condición de hombre fuera de la ley, además se le nota. Lleva un arco con su cuerda colgando del hombro derecho y un carcaj de cuero a la espalda, bien provisto de flechas de hierro. De la cintura de Barrabás pende la sicca, el puñal curvado de los zelotes. Sobre él se cuentan historias. Algunos dicen que se convirtió en bandido para vengarse de un mercader muy rico y poderoso que le quitó una mujer. Otros, que la aventura le vino en la sangre, que su padre fue un famoso bandido. Hay quien repite que Barrabás solo busca la gloria. Y hay más historias, pero lo cierto ahora es que Barrabás es un rebelde que empezó su carrera en solitario y jamás hizo muchas distinciones entre ricos, sacerdotes, fariseos o romanos; para él todos ellos somos sus enemigos.

Astuto, bravo e inteligente, a Barrabás, si se quiere, no le ha sido difícil conseguir lo que se propuso. Empezó asaltando mercaderes solitarios a quienes despojaba no solamente de sus bienes sino también de las armas que portaban. Poco a poco se hizo de un pequeño depósito y comenzó su segunda tarea: convencer a jóvenes vagabundos para formar un buen grupo; armas y dinero, sobraban. Y así, Barrabás —su cabeza está con precio entre las autoridades judías, sirias y romanas— se ha convertido en "saqueador, ladrón y asesino" para unos, y "libertador generoso" para otros. Jamás hace la guerra abiertamente a los romanos, solamente ataca cuando está seguro de vencer. Por sorpresa y con superioridad numérica. Si no se dan esas condiciones, actúa de la manera más simple, no da la cara, se esconde, huye. Su gente lo venera. Despoja a recaudadores y tratantes de esclavos. Las caravanas pontificias del Sanedrín se aterrorizan con solo oír su nombre. Los traficantes de seda lo odian. Muchas veces, los miembros de otras bandas de bandidos y saqueadores, lo llaman para que haga de juez y dirima sus querellas. Barrabás, que viste como un príncipe, es uno de los jefes de la rebelión zelote que apoya el propósito de Juan el Bautista, para terminar con el reino de Herodes.

XXI

Es el tiempo, no los hombres, el que dota a la vida de sus infinitas variantes. Cuando Herodes Antipas, luego de su tormentosa reunión con Pilatos, llega a su flamante palacio de Tiberiades cree que el tiempo conspira contra él. Casi no duerme pensando en las palabras del Procurador romano. A la mañana siguiente, siempre pensando en el tiempo, hace llamar ante su presencia al joven príncipe Saúl. El muchacho, hijo de Aristóbulo, su difunto hermano, es un adolescente lleno de aptitudes. Criado en Roma, Siria y Egipto, es un devoto de los viajes y el estudio de Filosofía.

Ferviente judío, circunciso, el príncipe Saúl habla casi todas las lenguas conocidas y también tiene aptitudes militares. El brillante joven ha estado bajo la tutela de Zaida, la legítima esposa de Herodes, a quien quería como a una madre. Por ello, para tratar de recobrar la confianza en Saúl, es que el astuto gobernante judío ha decidido dejar en sus manos una delicada tarea.

—Es importante que actúes con discreción. Necesitamos darle una lección a traidores, bandidos y romanos, para ello es preciso que organices un buen plan y apreses vivos a Juan Zacarías y a Jesús Bar Abbas. ¿Crees que podrás, querido sobrino?

Primero, el príncipe Saúl se sobresaltó por la sorpresa, pero luego, recuperando la compostura, afirmó:

—Sí, apresaré a esos bandidos pronto. Sé que el tiempo corre contra nosotros, señor.

El príncipe Saúl se equivoca. El tiempo no corre contra él. En esos momentos, el príncipe Saúl no sabe que a través de las infinitas variantes del tiempo, él cambiará no solamente de señor y creencias, también de nombre: Saulo, Saulo de Tarso, Pablo, andando el tiempo, le dirán.

Más allá de la muerte y la aurora

MÁS ALLÁ DE LA MUERTE Y LA AURORA

Puede parecer extraño, pero no lo es tanto, la mayoría de romanos, incluidos el emperador Vespasiano y su hijo Tito, no saben diferenciar mucho a un judío de un cristiano. Normal, si se piensa que aquí en Roma se adoran a más de treinta mil dioses. Todo esto, la cantidad digo, puede parecer exagerado o hasta frívolo. Pero no, en el fondo la adoración de Dios, de cualquier Dios, responde a una muy antigua necesidad del ser humano: la de encontrar protección y amparo. Los hombres, en general, necesitan creer y adorar a alguien superior para no sentirse solos en medio de los misterios del Universo. Esto lo entendía, y creo que mejor que nadie, el mago Jesús. Desgraciadamente, escribía poco y así, el aventurero Pablo ha podido crear una secta para conseguir sus propios fines. Pienso que ya lo puedo decir: el cristianismo y el judaísmo son diferentes, pero sé bien que poseen una característica en común; ambos tienen fines políticos.

La religión romana, si se puede llamar religión al hecho de adorar a miles de dioses, no tiene dogmas ni pretende reglamentar el comportamiento de los creyentes. En cambio, el judaísmo y el sectarismo cristiano son solamente política.

Los judíos se aferran a su religión para no ser absorbidos por otros pueblos y otras costumbres. Es un dogma de prohibiciones y obediencias. Un solo Dios es de ellos y para ellos, es la manera que tienen de defenderse. Los cristianos, en cambio, son agresivos. En eso hay una especie de antagonismo con los judíos.

II

Los hebreos siempre han querido permanecer cerrados, reducidos. Pueblo escogido, se llaman a sí mismos. Nunca les interesó tragarse a otros. Aquí, en Roma, constituían una comunidad pacífica sin ningún interés en ganar adeptos, nunca tuvieron templos, sino más bien pequeñas escuelas, sinagogas, donde desde muy temprano aprenden a obedecer y no discutir sus leyes. El judaísmo puede ser una creencia, una manera de pensar, pero fundamentalmente se reduce a la conservación de un patrimonio geográfico.

El cristianismo, en cambio, tiene ambiciones más amplias porque si bien tuvo un punto de partida doctrinario con el mago Jesús, el príncipe Saúl, o Pablo de Tarso como se hace llamar para ocultar su origen y su política de mayores alcances, lo ha vuelto antagónico del reducido espíritu hebreo. Las prohibiciones y metas del cristianismo reflejan la gran ambición de un príncipe frustrado, un ególatra que lo quiere todo. A Pablo de Tarso ya no le basta con ser Rey de un pequeño pueblo, le interesa el mundo; ambiciona reinar en Roma. Por ello quiere a toda costa acabar con la dinastía de los Césares, pero como no tiene Ejército, y es hombre muy inteligente y preparado, ha elegido esa sectaria religión como arma para estrangular el poder del orden romano. A muchos, estas ideas les podrán parecer una locura descomunal, pero si echamos una mirada profunda sobre algunas locuras caeremos en la cuenta de que son esos locos que las profesan, los que al final se hacen de las riendas de los más vastos imperios.

El emperador Nerón, quien se entrevistó con el jefe de los cristianos poco antes del incendio de Roma, me contó sobre las impresiones que le había dejado el singular príncipe agitador.

—No quise castigarle por los motines que había intrigado en algunas poblaciones de Chipre o Grecia porque me pareció un individuo bastante desgarrado por sus tormentas interiores. No calculé que su infinita ambición, que saltaba a la vista de cualquier observador cuidadoso, iba a llevarle a declarar esta extraña guerra al Imperio.

Me puedo imaginar que Nerón, en su última hora, pensaría que la confabulación en su contra había triunfado a causa de la generosidad que tuvo con ese príncipe agitador de la casa de los Herodes.

III

El príncipe Saúl es un joven arrogante y majestuoso. Habla, camina y gesticula como un hombre acostumbrado a mandar. Es lo contrario de su tío el tetrarca Herodes Antipas quien es bonachón y, si bien no es gordo, camina con cierta pesadez. Pero no solamente en lo externo se diferencian. El joven es callado, aficionado a los secretos; muy pocos, en realidad nadie, puede adivinar lo que piensa o sueña. Se sabe que es un fervoroso creyente y celoso cumplidor de las leyes de Moisés. Viajero continuo, de excelente memoria, la atmósfera que prefiere respirar es la cerrada de las bibliotecas y los libros; eso, posiblemente, ha otorgado a su mirada un destello, pensativo, profundo, casi sombrío. Su tío es diferente. Astuto, como todos los miembros de esa familia, pero no muy inclinado a meditar sobre asuntos religiosos.

El poder es para Herodes Antipas una tentación y un gozo, pero no le interesan los proyectos históricos ni los arreglos de cuentas con el pasado o el futuro. Vive cada día con la mayor intensidad, y se entrega al presente sin cuestionarse en absoluto. Es por ello que ahora mismo, al saber que su sobrino Saúl ha vuelto de la misión que le encomendase, lo ha mandado llamar a su presencia. Acostumbrado como está a ostentar su poder, le importa bien poco que su sobrino sea testigo de los juegos y homenajes que en esos precisos momentos rinde a la esplendorosa belleza de la hija de su mujer, la princesa Salomé, una jovencita de 15 años por cuya posesión física el tetrarca de Judea está dispuesto a hacer cualquier cosa. Sin pensarlo dos veces.

IV

Pablo de Tarso estuvo realizando su campaña de propaganda en diferentes sinagogas de Grecia. Indiscutiblemente, era un hombre valiente que conocía de memoria la Biblia hebrea y las viejas sentencias religiosas tradicionales. Además de una persona amena y distinguida. Los problemas con los creyentes surgían cuando se refería al *Nuevo Reino*. Pablo de Tarso aseguraba que ya se había instalado y que el Mesías prometido a los antiguos judíos había llegado. Jesús, habiendo sido crucificado por los romanos, resucitó de entre los muertos y realizó una serie de milagros para probar su autenticidad. En ese punto surgían las discrepancias y discusiones que, inevitablemente, acababan dividiendo a sus oyentes. Al final, los sacerdotes acusaban a Pablo de blasfemo e impío y, en algunas oportunidades, para acabar con las violencias que se desataban, actuaba la policía romana. Fue uno de esos incidentes lo que lo llevó a la Roma de Nerón.

V

Es una criatura hechicera, su belleza parece abrasarlo todo. Salomé se sabe dueña de un poder irresistible a los hombres. Para el príncipe Saúl, que acaba de ingresar a la habitación donde le espera Herodes Antipas, es evidente que la muchacha que acaricia con despreocupada apariencia al tetrarca, tiene a este bajo su completo dominio.

—Cuéntame Príncipe, ¿lograste tu objetivo? —le pregunta Herodes a su sobrino.

Este, a pesar de que siente un inmenso ardor sobre el rostro por la visión de la belleza de Salomé, trata de dar a su respuesta la mayor naturalidad posible.

—Sí, señor. Dimos a los galileos de su propia medicina. Los sorprendimos al despuntar el alba, caímos sobre su campamento y acabamos con una docena de ellos. Tenemos su armamento además de algunos prisioneros, entre ellos está Juan Zacarías. El que logró escapar fue Bar Abbas, pero tendré tiempo de encontrarlo. Se ha logrado lo principal, hacer abortar la rebelión y apresar al blasfemo.

—¿Tuviste mucho trabajo, querido sobrino?

—La verdad, señor, es que todo ha sido menos costoso de lo que había previsto. Algunos galileos se resistieron vigorosamente, pero lo cierto es que el fanático blasfemo se entregó sin ofrecer resistencia. Extrañamente desechó la huida que le debe haber propuesto el sicario Bar Abbas.

Durante la plática entre Herodes Antipas y Saúl, la joven Salomé ha estado revoloteando, como una mariposa, por la habitación. La muchacha no ha intervenido para nada, sin embargo, Saúl sabe que ese hermoso cuerpo y sus ojos han estado reclamando toda la atención. Pero él ha sido fuerte; en ningún momento ha ocultado su mirada de reproche. Y odio.

Cuando Saúl se retira del perfumado aposento de su tío, este introduce su mano bajo los velos que cubren el pecho de Salomé. Con la otra mano, le empuja el hombro hacia abajo, se recuesta sobre ella.

Todavía tumbado sobre los almohadones, Herodes Antipas coge un vaso y, mientras lo llena de vino, se pregunta en voz alta:

—¿Qué hago con el blasfemador Juan?

Con los ojos perdidos, como si estuviese en éxtasis, y con voz aguda, como una niña, Salomé responde:

—Córtale la cabeza. Sería el mejor regalo que podrías hacerle a mi buena madre.

VI

Aquí, en la biblioteca de mi casa, tengo unos manuscritos que contienen textos escritos por Pablo de Tarso. Debo detenerme para anotar que me costó mucho conseguirlos, ya que no tuve otra alternativa que recurrir a unos bandidos para que robasen la casa donde se guardaban esos preciosos y acusadores documentos que permiten apreciar, del propio puño del fanático Pablo de Tarso, las violentas consignas que esparce entre sus partidarios en contra de Roma y el emperador Nerón. Desgraciadamente, estos textos llegaron a mí luego del incendio de la urbe. Puntualizo que los manuscritos se guardaban en casa de un romano venerable, quien no solamente jamás había puesto la vista sobre ellos, sino que tampoco tenía lazo alguno con la secta cristiana. Ese libro, *Apocalipsis* lo titula su autor, es una verdadera declaración de guerra a Roma y llegó a la casa del caballero que menciono casi por voluntad del destino. El ejemplar fue llevado allí por un capitán, hijo del dueño de la casa, que servía en la guarnición de Cesárea. Este oficial fue el encargado de la custodia de Pablo de Tarso y sus dos acompañantes, un tal Bernabé y el mago Simón, en el viaje que hicieron desde Judea a Roma a raíz de los serios incidentes que propició el fanático con sus prédicas en la sinagoga de Cesárea y el Templo de Jerusalén.

Pablo de Tarso, para evitar las iras de los sacerdotes judíos y su casi seguro linchamiento por la turba, expuso a Vitelio, amigo suyo y quien había reemplazado a Poncio Pilatos en la administración de Judea, su condición de ciudadano romano. El Procurador, ateniéndose a la Ley y también a su amistad con el encausado, lo envió a Roma para que el caso fuese visto aquí.

Premeditado o no, el gesto del astuto cristiano, lo cierto es que en el largo viaje, el capitán jefe de los custodios entabló relaciones con el trío de judíos. Quizá intentaron convencerlo de sus creencias, lo seguro es que Simón, *el mago*, que le decían, hizo buenas migas con el oficial romano y le obsequió el manuscrito de su patrón. Esto último lo supe porque el capitán me hizo una visita por encargo de mi viejo amigo Léntulo, quien le pidió me entregase un presente: una magnífica chilaba beduina. Léntulo jamás quiso regresar a Roma, vive en una espléndida villa de Cesárea y aunque se retiró de la vida militar a la partida de Pilatos, seguía alternando con los oficiales romanos de Judea. El Coronel romano, gran admirador del mago Jesús, llegó a ser un hombre muy rico, ya que se dedicó al comercio de la seda.

No quiero perderme, continúo. Con el capitán romano que llegó de Judea yo también quise retornarle a Léntulo un presente: un puñal germano de la colección de mi padre. Desgraciadamente, este no llegó jamás a manos de mi amigo: la nave que trasladaba al capitán zozobró durante una tormenta cerca de Sicilia y no hubo sobrevivientes.

Cuando la visita de ese capitán, hablamos largo y bebimos un poco; al final, sabedor de mi interés por el cristianismo, me aseguró que yo podría contar cuando deseara con el manuscrito de Pablo de Tarso. Me encargó que lo solicitase a su padre cuando yo quisiera. Desafortunadamente, el naufragio de la nave lo trastornó todo. El caballero, apenado por el dolor, convirtió las habitaciones de su hijo en un altar inmenso e inviolable. Nunca quiso tocar nada. Se trastornó un poco, así que no me valieron razones para convencerlo. El buen hombre estaba seguro de que su hijo se había salvado y de que algún día volvería a la casa, y por ello deseaba que las pertenencias de su primogénito estuviesen como este las había dejado. Esa y no otra fue la razón por la que tuve que recurrir a unos canallas para que me consiguiesen el manuscrito de Pablo de Tarso.

VII

La fuerza y la rabia de un hombre tienen sus límites. El príncipe Saúl se siente un hombre desdichado. Piensa que hasta ahora su existencia no ha sido otra cosa que un intento de borrar imágenes. Reales y ficticias. Jamás ha podido mitigar el dolor y la cólera por haber perdido desde muy temprano la posibilidad de ser Rey de los judíos. Su abuelo, Herodes el Grande, ambicioso y megalómano, no tuvo reparos en asesinar a su propio hijo, Aristóbulo, padre de Saúl y a quien el propio monarca, como su primogénito que era, había designado para sucederle.

El príncipe Saúl, quien jamás ha dudado de la voluntad del Dios de Israel que está tras todos los actos humanos, siempre se ha sentido desconcertado por el sesgo de los acontecimientos que han rodeado su vida. ¿Qué es lo que quiere de mí Jehová? ¿Y qué es lo que no quiere? ¿Por qué a los ojos del Dios de Israel no soy digno de empuñar el cetro de guía de su pueblo? ¿Por qué Dios permite que un hombre corrompido, cobarde y fornicador, como su tío Herodes Antipas, reine sobre los judíos? No lo sabe bien, por ratos se siente un ciego, alguien obligado a caminar a tientas en la oscuridad. Pero, pese a que por momentos, como ahora mismo después de haber visto a Salomé y al lascivo Antipas, se desespera, intuye que detrás de esa ceguera e ignorancia sobre los designios de Dios se oculta un destino especial.

Los Libros Sagrados están llenos de ejemplos de hombres como él, que luego de acatar con humildad la voluntad de Jehová, recibieron inmensa recompensa. Dios prueba a sus hijos mediante el sufrimiento. La soledad no es una circunstancia miserable, sino un instrumento, un material, una especie de arcilla para construir lo eterno. El sufrimiento, en este caso, es un don. Haber perdido a su padre y la legitimidad de su herencia, servir a un tío que, de alguna manera, usurpa su corona, sufrir a causa de las rameras y libertinos de la corte judía. Humillaciones, bochornos, todo le ha sido infligido para probar su fortaleza. Y otra vez, por la cabeza del príncipe Saúl de la casa de Herodes, desfilan las figuras de los grandes patriarcas y legisladores de su pueblo: José, vendido en Egipto, Moisés, salvado de las aguas. Ambos caudillos lejos de su pueblo, distantes de sus hogares. Quizás sea esa misma distancia lo que le está faltando. Alejarse para preparar el alma. Estudiar, explorar los designios divinos. Prepararse debidamente para ser el instrumento de Dios. De su pueblo esclavizado por el romano. Sí, ahora mismo no puede enfrentarse con éxito a este mundo de orgía y pillaje.

El príncipe Saúl no ha podido dormir en toda la noche, por un ventanal de su habitación observa el sol naciente del amanecer, siente la presencia de Dios detrás de ese paisaje de luz y se promete: me iré de aquí para siempre. Serviré a Jehová desde Alejandría, o Tarso, o desde donde me encuentre. No descansaré hasta que su reino sea restaurado. Esa será mi gloria.

Renunciaré a los honores de mi verdadero nombre, renuncio a esta casa maldita. Seré Saulo, Saulo de Alejandría, o de Tarso, o de donde fuere. Haré lo que pueda por ensalzar el nombre de Jehová.

El príncipe Saúl, que ya dejó de serlo, se prepara para partir. Para siempre. Y ya tiene en mente su próxima tarea: capturar al blasfemo Bar Abbas. Ha dado su palabra. Y la palabra, lo sabe muy bien, es una gracia divina.

VIII

Debo manifestar que existe una gran diferencia entre los conceptos de Jesús y los que Pablo de Tarso le atribuía. Personalmente, nunca escuché al primero, sin embargo, los testigos con quienes hablé, incluida gente tan distante de los judíos como Claudia Prócula, Léntulo o el propio Poncio Pilatos, coincidían en que sus sermones tenían no solamente un pleno significado universal sino que estaban desprovistos de odio o amargura. Cierto es que el mago Jesús basaba buena parte de su misión religiosa en la pura nostalgia de la plebe y la nación oprimida, pero a fin de cuentas, dejaba a Dios y no a los hombres, o a algún grupo o secta, el encargo de reparar los daños o hacer justicia. Era esto lo que había impresionado tanto a Claudia Prócula como al sensible Léntulo.

A mis amigos romanos no les era difícil recordar casi con exactitud las palabras del mago: "Benditos sean los pobres, porque para ellos ha preparado Dios el paraíso". "Benditos los que lloran y sufren, porque Dios les tiene reservadas muchas alegrías". "Benditos los hambrientos, porque Dios les tiene preparada una gran mesa". "Amen a su prójimo como a ustedes mismos". "Sean justos y pacientes, no olviden que con la vara que miden serán medidos". Era con estas palabras y discursos parecidos con los que este hombre despertaba en las multitudes una especie de fe en sus propias fuerzas interiores. De alguna manera, hacía lo más difícil: predicar la paz en un medio donde el odio, el resentimiento y las ansias de revancha estaban tan a flor de piel.

Supe también que, en un momento dado, Jesús llegó a perder la paciencia, cuando se enteró de la muerte de su antiguo camarada Juan Zacarías, y se sumó a aquellos que compartían la idea que la única manera de alcanzar esos ideales sociales era a través de la rebelión. Nunca pensé, cómo sí lo creyeron algunos de sus compatriotas, que fuese un hipócrita. Pienso, más bien, en la advertencia que nos hizo alguna vez Filón en Alejandría: era un hombre recto e inteligente, pero también de sangre apasionada y así, en algún momento, no pudo mantenerse ajeno ni a estas pasiones interiores ni a los violentos deseos de muchos de sus seguidores. De más está decir que, luego, su inteligencia lo hizo reflexionar y para no aparecer como un hombre contradictorio, se retiró del escenario.

IX

La evidente tergiversación de la prédica de Jesús por Pablo de Tarso se puede notar muy bien en los manuscritos del *Apocalipsis*, la propia palabra *apocalipsis*, "revelaciones secretas", da una clara idea del contenido y también de la mentalidad e intenciones del autor. Secreto, escondido, clandestino. Inclusive, el renegado de la casa real herodiana no firma su libro sino que lo atribuye a un inexistente Juan.

El mago Jesús actuaba de manera diferente: predicaba y discutía al aire libre, no le interesaba la clandestinidad, al contrario, sus desafíos abiertos le ganaban popularidad y respeto. Pablo de Tarso, no; su mensaje tiene una dirección muy clara:

los despreciados, los esclavos y los oprimidos de Roma. A esos la secta les ofrece un mejor destino en el más allá, pero a condición de que cumplan la tarea de destruir Roma.

Inclusive, ebrio de ambición, Pablo de Tarso promete la instalación, aquí y ahora, de un nuevo reino: "Salud, gloria y poder pertenecen a nuestro Dios y a su pueblo, no a la prostituta o a la Bestia". "Dios ha juzgado a la gran prostituta que corrompe la tierra con su fornicación y vengará la sangre de sus siervos por su mano". "La prostituta quedará desolada y desnuda, y la quemarán al fuego y su humo ascenderá por los siglos de los siglos". Delirios, maldiciones, amenazas es lo que predica este hombre que se dice seguidor del mago Jesús. Además, lo hace entre una población resentida por el despilfarro y la falta de humanidad de los poderosos de Roma.

Así las cosas, el incendio de la urbe era solamente una cuestión de tiempo. Lástima que el misterioso poder del destino no me permitió leer antes esos manuscritos, se hubiese podido evitar no solamente el incendio de la ciudad sino la serie de estremecimientos que sufre el Imperio.

X

Curioso personaje. El príncipe Saúl es un hombre de varias identidades, pero no solo exteriores, también internas. Decidido ya a abandonar la corte de su tío Herodes y buscar su propio sendero, lo primero que hace es ponerse camino a Cesárea. El atormentado príncipe se ha impuesto una misión especial: capturar a Bar Abbas.

Un líder, un Rey, no se improvisa, debe acometer empresas que le hagan conocer la medida, si es posible exacta, de sus posibilidades. El propósito de capturar al zelote Jesús Bar Abbas responde a esos impulsos. Desea jugar fuerte desde el principio.

Irá ante los romanos y les ofrecerá la captura del agitador. No, no hará ningún pacto ni pedirá recompensa. Será prudente, hablará con ellos sobre sus ganas de servir a Jehová y también al Emperador. Les recordará a las autoridades romanas que él es miembro de la Casa Real de Judea, pero también ciudadano de Roma, justamente por su condición de noble.

Un hombre tan dispuesto tenía que ser aceptado por los romanos. Y fue así como Pablo empezó por cuenta propia su carrera de cazador de herejes y rebeldes. Nadie podría entrever que, tras esos ejercicios más o menos policiales, el renegado Saúl se estaba capacitando para más altas misiones.

Hombre riguroso, el príncipe judío cumplió con su palabra: capturó a Bar Abbas y lo entregó a los romanos. Su siguiente blanco llegó casi solo, luego se cambió de nombre, Saulo, y se fue a vivir a Tarso, una ciudad tan importante como la propia Alejandría, pero sin la fama de esta. Allí ofreció sus servicios a los sacerdotes judíos. La religión nunca podía pasar a segundo plano. "Muerte al hereje" fue en adelante el lema de este príncipe que soñaba con inaugurar una nueva dinastía. El tiempo marcha de a pocos.

CON FUEGO
Y AZUFRE

CON FUEGO Y AZUFRE

Los infieles, los homicidas, los fornicadores, los idólatras
y todos los abominables tendrán su parte en el estanque
que arde con fuego y azufre.

El infierno, lo contaron testigos de primera hora, estalló simultáneamente en dos puntos cercanos: las galerías de madera del Circo Máximo y las barracas, también de madera, habitadas por los comerciantes griegos. Todo fue instantáneo, violento e inesperado. Bien pronto, una montaña de llamaradas de más de quinientos metros de longitud se empezó a extender hacia los demás distritos de la urbe. El clima veraniego de julio colaboraba con la impetuosidad del fuego. La masa incandescente descendió hacia las partes bajas de la ciudad, pero en contados minutos también asoló las partes altas. Un infierno.

Las dimensiones del siniestro, sumadas a los gases, al humo y al pánico desatado entre la población convierten en tarea imposible las medidas de salvataje. El tribuno Subrio Flavio, comandante en esos días de la guardia pretoriana, pese a que ha ordenado a todas las cohortes de Roma que combatan el fuego y presten atención al vecindario, se siente desgraciado e impotente esa noche del 18 de julio. Y le sobran razones: no solamente se da cuenta de que buena parte de Roma quedará reducida a cenizas, sino que le traspasa el alma que el incendio ocurra precisamente cuando él está a cargo de la ciudad. El emperador Nerón debe estar descansando plácidamente e ignorante de todo en la veraniega ciudad de Anzio. Ya es de noche y sin embargo Roma parece alumbrada por inmensos resplandores de los que se desprende un misterioso olor a azufre. El tribuno Subrio Flavio, empapado de sudor, se decide: llama a su segundo, Quintano, y le ordena que se precipite a Anzio y avise al César Nerón de lo que está ocurriendo.

II

Los detalles concretos de la fundación de Roma y de su historia primitiva están envueltos en una niebla tan espesa que nadie está en condiciones de disipar. Será en años muy posteriores, cuando Roma empiece a asomar como una de las capitales que disputa la supremacía sobre el mundo, cuando los historiadores a su servicio comenzarán a inventar mitos y fantasías sobre sus orígenes. Es muy probable que las historias acerca de los hermanos Rómulo y Remo, y su heroico antecesor Eneas, hayan sido escritas alrededor de unos quinientos años después de la fundación de la ciudad. Y es que por esas épocas, según señala el historiador y biógrafo griego Plutarco, se establecerían aquí en Roma las primeras escuelas regulares, es decir, colegios a cargo del estado, donde los jóvenes y muchachos tenían la obligación de asistir y empaparse de un curso obligatorio de Historia.

Por supuesto, los romanos que heredaron todas estas historias míticas no creían en ellas, pero les gustan y halagan porque, patriotas, presentían que era muy importante que las generaciones venideras tuvieran la convicción de que forman parte de una nación levantada con un auxilio divino; un aporte heroico y celestial que presupuso un destino grandioso. Este punto de partida mágico-divino otorgará a la Roma de nuestros días un sólido fundamento religioso que se manifestará con el profundo respeto que nosotros, ciudadanos romanos, tenemos por todos los dioses, propios y ajenos.

III

Roma es un caos. Todo es gritos y dolor. La ciudad de las siete colinas, con sus calles angostas y recovecos, se ha convertido en una trampa mortal. Masas humanas, desesperadas y rugientes, lo dejan atrás todo buscando huir hacia las campiñas. Muchos, mayormente ancianos, se arrastran por los suelos implorando desesperadamente auxilio. Y un poco de agua. No hay oídos ni ojos para nadie, solo precipitación y miedo. La gente llora al saber que lo ha perdido todo: bienes y familia. Allí, en ese infierno, como siempre, se encuentra el heroísmo de los que se arriesgan por salvar a otros, la vacilación por enfrentar al peligro, la cobardía de los que abandonan a los suyos por salvarse a sí mismos. Las llamas no respetan nada. Pero no sólo el fuego. También los pillos y los ladrones que se deslizan entre los muertos, heridos y desmayados para apoderarse de una joya aquí, una bolsa con monedas allá. Y los borrachos y desgraciados de siempre que se dan tiempo de encontrar, en medio de las mesas y bancas carbonizadas de las tabernas, un poco de vino para aplacar las ganas. Y en medio de todo, y ya sin disimulo, pequeños grupos de hombres y mujeres con los rostros ennegrecidos por el humo, se arrodillan y entonan a viva voz canciones de agradecimiento por el fuego. Y la venganza.

IV

Quíntano tardó algo más de dos horas y media en cubrir la distancia que separa Roma de Anzio. En cuanto el jinete vio surgir de las sombras la silueta del Palacio Imperial empezó a gritar:

—¡Fuego! ¡El Circo Máximo está en llamas! ¡Roma se está convirtiendo en una hoguera!

Al llegar a la puerta, los guardias reconocieron a Quíntano, le ayudaron a bajar del caballo y, mientras un oficial le ofrecía un refresco, otro entró precipitadamente en la residencia para informar al Emperador de la mala nueva. Nerón, todavía sin despabilarse de su sueño, al recibir la noticia tuvo una primera reacción frívola:

—¡No puede ser! ¡Mis obras de arte! ¡Mis instrumentos musicales! ¡El vestuario teatral! ¡No puede ser!

Pero al cabo de un instante su reacción cambió, salió al patio a informarse directamente con Quíntano. Mientras escuchaba el relato mandó preparar los caballos para partir a la carrera hacia Roma. Antes de clavar espuelas sobre su montura, el preocupado Nerón le preguntó a Quíntano por el origen del incendio.

—Han sido los miembros de la secta cristiana. Los guardias han detenido a varios de ellos con antorchas en la mano. Otros alimentaban el fuego con lo que podían, César.

Nerón guardó silencio tras su rostro que, a medida que la comitiva avanzaba, se endurecía más y más. Al cabo de una hora de galope, se presentó a los jinetes un horizonte teñido de rojo. Parecía sangre. En esos mismos momentos, mientras imaginaba a los miles de aplastados y mutilados, la voz de Nerón atrajo sobre sí la atención de sus acompañantes. El Emperador, sin detener la marcha del caballo, vociferaba:

—¡Maldito! ¡Maldito Pablo! ¡Fanático maldito, nunca debí perdonarte!

V

Nerón hasta ahora ha sido un emperador devotamente dedicado a Roma, claro, a su manera. Esto, sus bien personales formas de gobernar y ver la vida, le han granjeado muchísimos enemigos, particularmente entre los ricos y los militares. Hace ya dos días que llegó a Roma y la ciudad sigue ardiendo sin descanso. Como, según los cálculos, la destrucción de los barrios más pobres de la urbe es inevitable, ha tomado ya algunas medidas urgentes para paliar en algo las desgracias de los que han quedado a la intemperie: ha abierto el Campo de Marte, los aposentos y los jardines de su propio palacio para que se construyan abrigos provisionales. A los ciudadanos de fortuna, de Ostia y demás ciudades de Italia, los ha obligado a entregar vestuario, mobiliario y dinero, mientras el Estado reparte raciones gratuitas de trigo y otros granos.

Nerón ha hecho todo lo que ha estado a su alcance para aliviar la desastrosa situación del pueblo; sin embargo, al momento de ir a reunirse con sus ministros y consejeros, una serie de dudas y presentimientos le revuelven la cabeza: ¿Se aprovecharán sus enemigos del desastre para llevar a cabo una conjura que acabe con su reinado? No son pensamientos gratuitos.

Desde hace diez años, el césar Nerón se las ha tenido que ver con una serie de conspiraciones. Sabe muy bien que la aspiración de muchos es verlo muerto. Nobles, generales, amigos, su cuñado, su esposa y hasta su propia madre no han podido entender jamás lo que consideran una debilidad: la preocupación del emperador Nerón por las grandes desigualdades sociales y económicas de Roma. No, no le han perdonado que diese un decreto por el que se retiraba a los amos el derecho de vida y muerte sobre los esclavos. O el castigo de aquellos nobles que abandonen a su suerte a los esclavos viejos o enfermos. O quizás debió hacer caso a su fiel consejero, Séneca, cuando le pidió, hace cinco años, no luchar contra la crueldad y salvajismo de los juegos del Circo.

Pero el Emperador siguió adelante y si bien no logró extirpar del todo los juegos, ahora en ellos está prohibido matar. Esta orden alcanza, inclusive, a los condenados a muerte.

El Circo sirve más para celebrar festivales de teatro, música, poesía y deportes armoniosos como la gimnasia y la equitación. Esta medida ha causado escándalo. Bajo el pretexto de que los sangrientos combates son una forma de educación viril, la aristocracia romana —tratantes de esclavos y gladiadores, corredores de apuestas e intermediarios en estos negocios— le reprochan la medida, pero no quedan allí, permanentemente azuzan a la plebe. Al populacho se le quiere hacer creer que Nerón está en contra de sus diversiones porque pretende esclavizarlos, quitarles sus derechos: pan y circo.

A Nerón, con la vista clavada en unas humaredas que se levantan a la distancia, luego de su mental repaso, se le caen las lágrimas de los ojos. Y es allí donde acude a uno de sus refugios: el vino.

VI

El Emperador, artista verdaderamente preocupado por el futuro destino de Roma, deseaba conocer a fondo el judaísmo y las esencias de esa secta originaria de Galilea, cuyos miembros se autodenominan cristianos como homenaje al extraño asceta Jesús, quien a las pocas horas de ser crucificado en Jerusalén desapareció del madero de ajusticiamiento. Nerón, que detestaba por igual las guerras, los inútiles sacrificios humanos en el circo y las fanfarrias militares, quería oponerse a los fanáticos que incendiaron Roma con una calculada operación de inteligencia.

Nerón, y lo que digo me consta personalmente, se había impuesto una especie de reto: detener la extraña conjura judía, si ello era posible, a través de un deslinde filosófico. El césar Nerón no era el afortunado pero ignorante Pompeyo. El Emperador era un hombre tolerante al que le hubiese abochornado usar la fuerza de Roma contra una miserable banda de charlatanes y saboteadores. Nerón deseaba combatir la patológica mística de los cristianos con el simple razonamiento. Así fue que el emperador, a sabiendas de que yo había trabajado para el *Acta Diurna* y que la romántica seriedad de mis 20 años me había empujado hacia el Oriente a explorar desde sus inicios los complicados y contradictorios rituales judeo-cristianos, me llamó hasta su presencia para pedirme que ordenase todos mis apuntes y escritos sobre la materia para, a partir de allí, valorar junto con sus ministros especialistas los alcances precisos de la misteriosa rebelión.

Solamente con un auténtico conocimiento del fenómeno, pensaba el Emperador, se podría actuar con equidad y evitar los siempre riesgosos excesos policiales e inútiles condenas a muerte. Desgraciada y coincidentemente, la rebelión estallada en Judea precipitó los acontecimientos que desembocaron en la prematura desaparición de nuestro razonable Emperador. A partir de entonces, sucedió lo que siempre: los usurpadores han ido creando un hosco clima en torno a la figura de Nerón. Las lenguas desenfrenadas de muchos de los responsables de nuestros actuales desastres no se cansan de calumniar y mancillar su memoria; sin embargo, estoy seguro de que el tiempo se encargará de devolver a su sitio el honor de uno de los mejores Príncipes que ha tenido Roma.

Ciertamente no soy un especialista o experto en cuestiones judías, quizás, apurando los términos, acepto ser llamado conocedor y aficionado al tema judeo-cristiano. Hasta poco más o menos dos años antes del incendio de Roma estuvo viviendo en la urbe Josef Ben Matatías, un joven doctor y sacerdote de la ley hebrea que se hizo muy amigo de la emperatriz Popea. La esposa de Nerón sabía repartir muy bien su tiempo entre los placeres más frívolos y la armonía de las letras y las bellas artes: fue ella quien auspició la publicación de *La Guerra de los Macabeos*, un libro que describe puntualmente la rebelión judía contra el helenizado monarca Antíoco IV un siglo antes de que Pompeyo tomase Jerusalén para los romanos. Ese texto, muy bien escrito, hizo famoso a su autor, un verdadero erudito en torno a las diferentes sectas del judaísmo. Este Josef Ben Matatías, quien también hacía de embajador judío en Roma, apenas publicado su trabajo regresó a Judea donde, a los pocos meses, se convirtió en uno de los líderes de una nueva rebelión contra Roma y sus autoridades. El César Nerón envió entonces a nuestro actual emperador, Flavio Vespasiano, a restaurar la paz en esa alborotada y caliente tierra Palestina.

VII

La muerte del emperador Nerón fue un verdadero desastre para Roma. Como a todo perdedor, se le ha injuriado y se le agravia sin que nadie se ocupe de defender su memoria. A Nerón quizás le faltaron ojos: la reconstrucción de lo destruido ocupó casi toda su atención. No quería deslumbrar a la posteridad ensanchando el Imperio con grandes conquistas, se olvidó de los militares profesionales y no quiso crear más impuestos y tributos para campañas guerreras. Pero el pasado le ganó al futuro: se amotinaron los generales, todos ellos se sintieron capaces de gobernar el imperio y lo único que lograron fue traer la anarquía, el desaliento y la muerte. Aislado, Nerón decidió morir.

Fue un tipo diferente. Aficionado al teatro, la música y la poesía, Nerón se alejaba de los patrones marcados por sus antecesores. Los militares lo desdeñaban porque prefería el deporte, la cocina y el canto a las maniobras de los cuarteles. En cambio, el pueblo lo quería y se divertía con lo que se consideraba las excentricidades del emperador. Es verdad, también, que era un hombre de mucha inseguridad interior; sin embargo no tenía ninguna confianza en la religión romana. Más bien buscaba refugiarse en los libros. Eran el mejor remedio —decía— para su angustia.

No era un cobarde. Tampoco un desenfrenado o licencioso. Esos eran rumores nacidos en los cuarteles y guarniciones, como una forma de preparar la sedición, de buscar excusas.

Cuando estalló la rebelión, el Senado, temeroso, se mostró lento y reservado para condenar a los rebeldes. Nerón, entonces, viendo clara la confabulación, con sigilo, salió de Roma.

Pero no fue muy lejos, apenas a doce kilómetros de la capital, a la finca de su amigo Faón situada sobre la Vía Salaria. Lo acompañaron su secretario Epafrodito, el propio Faón y la bella Acté, una criatura que amó desde muy temprana edad al ahora desgraciado Emperador.

VIII

Nerón tenía el propósito de reposar y meditar en la finca de su amigo. Pero no pudo hacer ni lo uno ni lo otro. A las pocas horas de haberse instalado, llegó hasta ese lugar el centurión Marciano Icelo, partidario de Galba, pero a quien alguna vez Nerón salvó la vida concediéndole un indulto.

Marciano Icelo no se anduvo por las ramas. Fue directo al grano:

—César, ve a Egipto. Allí estarás más seguro que aquí. Galba ni siquiera desea que mueras. Quiere mofarse de ti, humillarte. Las órdenes son de capturarte con vida. El viejo quiere meterte en una jaula y lucirte como un animal. Luego, piensa encerrarte en una mazmorra de por vida. El Senado también te ha traicionado. Huye, César.

Nerón, aunque acosado por mil angustias, tuvo todavía ánimos para agradecer la última lealtad de Icelo y despedirlo. Cuando el centurión montó en su caballo, una inmensa sombra de pesimismo y desaliento invadió la finca, el derrotado Emperador de Roma llamó a Epafrodito y entregándole un puñal, le dijo:

—Haz lo que tienes que hacer, amigo.

Nerón estaba pálido, casi no respiraba, pero tuvo firmeza en la voz:

—No vale la pena, no soy tan necio para porfiar en vivir y prolongar la agonía de Roma. Galba y sus brutos desean humillarme, odian a los artistas. No les voy a dar el gusto de que me atrapen vivo. ¡Obedéceme, por favor, amigo mío!

Y no se dijo más. Epafrodito atravesó la garganta de Nerón. La escena ya había sido previamente ensayada.

IX

Marciano Icelo permitió a la bella Acté, la fiel esclava y amante de Nerón, que vistiese el cuerpo con la túnica blanca recamada en oro con la que había sido coronado. Nerón fue incinerado en la intimidad del cementerio familiar, su cortejo fúnebre estuvo formado mayormente por mujeres y sentidos esclavos y sirvientes. Las cenizas del César fueron guardadas en un sarcófago de pórfido y depositadas sobre un altar de mármol de Carrara construido en los jardines del panteón familiar. A esa tumba jamás le han faltado flores durante todos estos años. Extrañamente, a menudo aparecen, pegados por misteriosas manos, algunos edictos en los que se anuncia el próximo regreso de Nerón. Alguna vez, empujado por la curiosidad, fui a visitar a Acté para preguntarle por esos edictos. En verdad, yo sospechaba que esta mujer, griega e hija de sirios, que fue el gran amor de Nerón, andaba detrás del aparente misterio. Pero no fue así. La fiel esclava del Emperador, si bien me dijo que al comienzo estuvo sorprendida, me explicó el fenómeno de manera muy razonable:

—Yo estuve en el momento de la muerte del Emperador, también en sus funerales; pero mucha gente a la que ayudó, esclavos, huérfanos y prostitutas, nunca supieron lo que verdaderamente pasó. Nunca han querido creer que ha muerto. Y esperan que regrese en triunfo. Para esta gente, Nerón es el Mesías. El hombre que otra vez, vivo o muerto, volverá para hacerles justicia.

Yo me quedé bastante asombrado, pensando en las coincidencias. Las palabras finales de Acté me sacaron de mi ensimismamiento.

—Ignoro los misterios del Universo. Sin embargo, te digo que cada mañana que me despierto, lo hago con la sensación de que su muerte fue sólo un sueño y que mi señor, como dicen muchos, está en camino. Volverá.

Una sombra tan vasta y vaga como Dios

UNA SOMBRA TAN VASTA Y VAGA COMO DIOS

Nuestra primera cena en Jerusalén no fue lo que esperábamos. Y fue a causa de Pilatos; su nerviosismo y ofuscamiento provocados por las protestas de los rabinos en torno a la desaparición del crucificado Jesús, trajo un aire pesado a la mesa. Durante toda la noche, el Procurador de Judea evitó hablar del asunto. Y claro, la situación nos parecía, a Teófilo y a mí, casi inverosímil: el paradero del mago era de lo único que se hablaba en la ciudad y allí estábamos, al lado de uno de los participantes más cercanos del discutido asunto y no había manera de romper las distancias que su ánimo creaba.

Nada lograba distraerlo de esa especie de ensimismamiento en que se había metido. Pilatos comía automáticamente, por momentos nos sorprendía unos murmullos en sus labios que se acallaban en cuanto notaba que alguno de sus acompañantes de la mesa volvía la mirada hacia él. Esa noche, nada logró distraerlo de sus pensamientos.

Claudia Prócula, respetuosa, aguardaba con absoluto dominio de la situación a que la tempestad que azotaba interiormente a su marido, pasase. Con exquisito tacto nos preguntaba a Teófilo y a mí sobre nuestros quehaceres diarios en Alejandría. También hacía comentarios sobre las delicias que ingeríamos, por momentos posaba su diestra sobre las manos de Pilatos. En ningún instante dejó de reír. Entretanto, Léntulo se ocupaba siempre de que los vasos no estuviesen vacíos. El centurión que había presenciado la crucifixión era un hombre demasiado perceptivo como para ignorar lo que estaba pasando en esos momentos con el Procurador. Esa noche simplemente se limitó a hacer todo lo que estuvo a su alcance para no referirse en absoluto al gran tema del momento: el destino del alucinante mago y predicador.

II

Recuerdo bien que la mesa se levantó temprano. El procurador Pilatos se despidió pretextando cansancio y desgaste físico por el intenso trabajo de la jornada. Prometiéndonos ponernos al tanto de todo al día siguiente, se retiró junto con su mujer y escoltado por Léntulo. Teófilo tuvo un bravísimo intervalo de lucidez y se refirió a la necesidad de resolver el enigma. Pero no fue más allá, casi en seguida, abatido por el cansancio del viaje y el vino ingerido durante la cena, ya no pudo mantenerse en pie; así que no me quedó otra cosa que sostenerlo en su zigzagueante búsqueda de la habitación que le había sido designada. Apenas entrados, Teófilo se desplomó sobre el lecho. A mí, extrañamente, me ocurría lo contrario. Ni el agotamiento ni el buen vino consiguieron mermar mis deseos de conocer cuanto antes los pormenores de lo ocurrido con el mago Jesús. Decidido a averiguarlo, aunque fuese a través del recurso del cálculo y la imaginación, salí al aire fresco de los jardines de la fortaleza Antonia y me senté a meditar al borde de un estanque. Fue allí que, imprevistamente, apareció Claudia Prócula. Sonriente, la inteligente esposa de Poncio Pilatos se sentó a mi lado.

III

La esposa del Procurador de Judea se disculpó por el comportamiento de su marido durante la cena. Claudia Prócula me explicó que, desde siempre, Pilatos había sido un hombre especialmente nervioso y muy sensible. Muchas veces, cuando se sentía agobiado por algún problema lloraba, rugía y daba de gritos mientras caminaba sin descanso por la habitación. Pronunciaba frases ininteligibles, palabras y órdenes incoherentes que terminaban al romper nuevamente a llorar. Luego, al final, caía sobre el lecho como un muerto. Cuando se levantaba, era otro hombre: sosegado y tranquilo; explicaba y trataba de explicarse esas perturbaciones nocturnas que le perseguían desde la infancia. Claudia Prócula estaba convencida, me aseguró que se lo había confiado su marido, de que los malestares de Pilatos no tenían mayor relación con la crucifixión del profeta, así llamó al mago Jesús, sino por la conspiración que tramaban contra su administración Vitelio, gobernador romano de Siria, y algunos capitostes y sacerdotes judíos.

IV

Claudia Prócula hablaba sin premura a causa —solía repetir esa frase a menudo— de que el alba tardaba en clarear en Jerusalén. Las aprehensiones de Pilatos, según su esposa, en parte respondían a su carácter nervioso pero también tenían un fundamento real: la vieja familiaridad y amistad con el déspota Sejano. El Procurador romano de Judea se había convencido a sí mismo de que sus enemigos se presentarían ante Tiberio para convencerle de que él pretendía vengar la muerte de su padrino Sejano, favoreciendo a los enemigos del Imperio. Como prueba de esas intenciones mencionarían el perdón otorgado a Bar Abbas, reconocido en esos momentos como el más feroz de los enemigos de

Roma. También se hablaría de su falta de rigor con el mago Jesús y sus amigos, estos últimos mortales oponentes de los más seguros aliados del Imperio: los sacerdotes judíos del Sanedrín.

Claudia Prócula me pidió que yo intentase convencer a su marido de que sus alarmistas conjeturas no eran sino recelos de un hombre justo pero atormentado desde antiguo. Prócula insistió, pesarosa, en señalar que Pilatos se resistía a aceptar una realidad incontrovertible: que él mismo, por el hecho de su matrimonio, era un sobrino del César y, a no ser que hubiese pruebas irrebatibles, Tiberio jamás le inculparía de cosa alguna, mucho menos de traición o complot contra el Imperio.

V

Después de la cena con Claudia Prócula, Pilatos y Comelio Léntulo hemos llegado al firme convencimiento de que el mago Jesús vive. Con Teófilo, extrañamente, porque no nos pusimos de acuerdo para ello, logramos reavivar en nuestros compañeros de mesa una serie de recuerdos. Apunto esto porque noté desde un principio que Pilatos observaba una conducta ambigua. Por momentos se mostró muy deseoso de obtener nuestra cooperación y confianza. Pero en otros ratos, quizás empujado por el miedo, daba la impresión de querer escurrir el bulto, eludir precisiones y ocultar algunos hechos ocurridos en torno al personaje central de sus desvelos: el mago Jesús. Tuvimos la impresión de que Pilatos no había terminado de asimilar su propia conducta. Como ni su esposa, Claudia Prócula, ni Comelio Léntulo eran insensibles al nerviosismo de Pilatos, le han brindado su amabilidad y comprensión a través de muchos silencios a algunas de nuestras preguntas en torno al gran misterio que ha conmocionado hasta los cimientos a la vieja Jerusalén: ¿Qué ha sucedido con el cuerpo del crucificado Jesús? ¿Ha resucitado de entre los muertos como había prometido?, o simplemente, como hasta ahora ha sostenido un vacilante Pilatos: "Sus seguidores galileos se han robado el cadáver para mortificar a los fariseos y sacerdotes del Templo". Pero no han sido estas las únicas dudas que se han aireado. En la mesa también algo se habló de la acusación que, precisamente, algunos sacerdotes del Templo hacen a Pilatos: que ha sido el Procurador romano el que, para mortificarlos y dividir más a los judíos, ha permitido, luego de una farsa de crucifixión, que el mago predicador escape.

VI

Para el príncipe idumeo Saúl, ahora mejor conocido como Saulo de Tarso, eran días y noches gobernados por el agobio de las dudas en torno al misterioso Jesús. Se le hacía un problema mayor el haber llegado a la certeza de que el individuo al que calificaba como el "mayor hereje" no hubiese escrito una sola línea. Saulo sabe, y no ha tenido que hacer muchos esfuerzos para llegar a esa conclusión, que ese enemigo a quien nunca ha visto ha sido muy sagaz, alguien que decidió no atar sus enseñanzas a un texto escrito con el fin de que las ideas se confundan, se extiendan y se ramifiquen con el correr del tiempo. Se fatiga mucho al pensar en ese hombre. Hay momentos que se siente como cercado por una inmensa red que no puede deshacer, pero también hay instantes en que cree sentir en el aire al Otro, a su enemigo. Tiene la sensación de que el misterioso mago también lo está buscando, ansioso, como él mismo.

VII

Claudia Prócula conocía todos los pormenores de lo ocurrido con el mago Jesús. Para ella, su marido había actuado con extrema justicia y equidad. Había seguido al pie de la letra las instrucciones de Roma que, respecto a las llamadas provincias, eran terminantes: respetar a como diese lugar sus costumbres y creencias. Según Claudia Prócula, para quien Jesús nunca fue un indeseable sino un médico y filósofo, Pilatos solo vio en él a un individuo pintoresco que formaba parte de un folclore muy familiar de Judea.

Pilatos, como representante personal de Tiberio, era el exclusivo responsable de las ejecuciones dictadas. No solamente podía imponer sentencias de muerte, sino también estaba facultado para aprobar o desaprobar los castigos dictados en todos los tribunales sometidos a su gobernación. De alguna manera, pues, Poncio Pilatos representaba la Ley, la Justicia, el Poder y la Paz romana. Por lo tanto, pese a su aversión personal a todo lo que consideraba fantasías supersticiosas, se sintió en la obligación moral de absolver al mago Jesús.

Recuerdo que la esposa del Procurador terminó de contarme esta parte de su historia con una inmensa sonrisa dibujada sobre la hermosura de su rostro: "Ese proceso a Jesús le molestó mucho a mi esposo, sobre todo porque por estar en Jerusalén no pudo tratar las creencias religiosas judías con la misma desenvoltura con que las trataba en Roma, donde se reía y burlaba de todas ellas. Incluidas las mías, su muy querida esposa".

VIII

La siempre delicada Claudia Prócula tuvo especial cuidado —me refiero a esos azarosos días de Jerusalén— en no mencionar su personal afición y curiosidad por lo que se conoce como las fórmulas de la inmortalidad. Pero Teófilo y yo sabíamos de las aficiones de Claudia Prócula por los poderes que no se ven y los misterios de la eternidad y la inmortalidad. Vocación casi genealógica en la casa de los Césares y Claudia Prócula, como miembro de la familia, no fue la excepción.

La vida y la historia de toda la familia imperial romana, desde Augusto hasta Nerón, ha estado marcada —más allá de lo positivo o negativo de sus administraciones— por una reiterada preocupación: la conquista del cielo de los dioses, es decir, la tan humana necesidad de escapar del trágico destino final, la muerte. Para lograr esto —encontrar la inmortalidad— han realizado todo tipo de actos. Desde hacerse proclamar, por el Senado o por los augures, deidades y auto erigirse templos, hasta aproximarse a los cultos más risibles y extravagantes; para ello, siempre han contado con la complicidad de adulones y falsarios.

Esta búsqueda de inmortalidad de la familia Julia les ha llevado por diversos senderos, que van desde el estudio y la meditación, cual ha sido el caso de Claudia Prócula, hasta los deseos de arrancar en el mismo cielo la fórmula de la vida eterna. Esta última idea —volar hasta el cielo de los dioses como lo hicieron Dédalo e Ícaro— ha sido tan obsesionante que, durante décadas, los magos fabricantes de alas han tenido abiertas las puertas del palacio imperial. En ese sentido, un sinnúmero de sacerdotes y magos babilonios han muerto en Roma al intentar probar las alas que inventaron. Varias veces he sido testigo de esas caídas vertiginosas: unos se han lanzado desde las alturas del Capitolio, otros elegían las alturas del edificio del Foro o del Templo de Júpiter; en todos los casos, los conquistadores del cielo que han pasado por Roma se han estrellado con el fracaso, pareciera ser que ascender a los cielos acarrea divinas furias que castigan con la muerte a los culpables.

IX

Para Saulo de Tarso a estas alturas solamente existe un tema de meditación y angustia: la secta cristiana y el paradero de Jesús. ¿Será posible que exista alguien más allá de nosotros? ¿Es posible que la vida, una vez apagada, perviva? Por momentos todo parece más que un ejercicio de irrealidad; pero aún así, el cerebro del príncipe herodiano no puede entender la veneración que despierta entre muchos la memoria del también llamado maestro de Galilea. ¿Dónde está la clave para explicar esa especie de fidelidad? ¿Quizás en las leyendas surgidas luego de su desaparición de la cruz? El concepto o la idea de resurrección, tan añejo como los más viejos mitos, sigue cautivando mentes. De eso se ha dado muy buena cuenta.

X

Pasados ya cerca de cuarenta años de lo que fue nuestra sorprendente aventura judía en Jerusalén, la inapelable marcha del tiempo ha ido como colocando las cosas en su lugar; quiero decir que muchos de los personajes y circunstancias que iluminaron o ensombrecieron esos días de juventud, simplemente, se han marchado. También me imagino que alguno que otro, igual que yo, no ha tenido otra alternativa que resignarse a sobrevivir; sin embargo, reflexionando, creo que una parte de ese tiempo ido sigue demasiado próximo, continúa ocupando muchas de mis horas. Momentos hay en que me digo que ese pasado que vuelve no es más que una especie de burla del destino, un juego del cual no me puedo zafar.

Sí, confieso que eso es lo que me sucede con la memoria del mago Jesús, ese discutido, misterioso y ahora adorado judío al que personalmente nunca conocí, pero cuyo rostro —el que describieron Filón de Alejandría, Léntulo y Claudia Prócula— no se ausenta de mis ojos y escucho sus palabras, las que le atribuyeron mis queridos amigos, muy cerca de mis oídos.

Creo que parte de esta fascinación por el mago judío proviene, entre otras cosas, del hecho de que, calculadamente, no dejó una sola línea escrita y que a causa de esta ausencia de discurso firmado, muerto o no en la cruz, su pensamiento y enseñanzas se han ramificado. Conjeturamos con Teófilo que esta deliberada ausencia de textos es lo que paradójicamente permite a la secta cristiana atarlo a una serie de historias que, empezando en la crucifixión, que no fue tal, bien podrían alargarse hasta la eternidad. Verdadero maestro en el conocimiento de los seres vivientes, el extraño judío alcanza el objetivo más caro de los poderosos: ser venerado como un Dios.

La verdad es que el asunto de la crucifixión y muerte del mago judío no hubiese merecido atención de no haber acarreado tantas consecuencias. Más muertes, crucifixiones, ríos de sangre y lágrimas solamente a causa de un misterioso individuo condenado por una autoridad provinciana a recibir la muerte más oprobiosa y humillante sancionada por Roma. No podía ser. La cruz es una sentencia reservada a los peores delincuentes, a los piratas y sediciosos, a los esclavos; Pilatos, que bien sabía de la inocencia del hombre, debe haber mantenido toda su sangre fría para dar pase a la función y luego suspenderla. Sí, porque con motivo de las crucifixiones es usual montar espectáculos que a veces duran días.

La idea de la crucifixión es, fundamentalmente, atormentar al reo, que luego de terribles y dolorosos sufrimientos morirá después de algunos días. Lo normal es que el deceso se produzca al cabo de tres o cuatro días, aunque, claro, se sabe de crucificados que han acortado el suplicio para morir al cabo de cuarenta y ocho horas. El más resistente parece haber sido Crátero, un pirata macedonio que resistió durante diez días el terrible tormento de la cruz.

Crux tiene en nuestra lengua un significado bien preciso: atormentar. Parece entonces que Poncio Pilatos se limitó a dictar la sentencia, pero como a su juicio el hombre que tenía frente a sí era inocente, se arrimó a su conciencia y seguramente al pedido de Claudia Prócula, para ordenar que se bajase al prisionero de la cruz.

Debo señalar que aunque muchos así lo creen, la crucifixión no es un invento romano, su origen es fenicio y también fue usada por los viejos faraones egipcios. Creo que cabe honrar a Séneca, el filósofo hispano que fue consejero del César Nerón;

este hombre vivía horrorizado por la práctica de la crucifixión y pidió repetidas veces al Emperador que la prohibiese. Desgraciadamente, el incendio de Roma, que fue un holocausto para muchos romanos, no se prestó para adoptar una medida que hubiese sido muy mal vista, toda vez que la ciudadanía desesperada pedía un aleccionador castigo para los culpables. Eso que algunos llaman la ley del Talión.

XI

Durante los dos últimos años, Poncio Pilatos no ha hecho más que tomar posesión de su soledad. Vive solo y ya no hay nada que le atraiga o despierte su interés. La hermosa villa de Vienne, muy cerca al río Ródano, es disfrutada más por la servidumbre que por el aparentemente apático ex Procurador de Judea. Hasta ayer no tenía proyectos. Hace mucho tiempo que no lee, escribe, caza o cultiva los jardines. Tampoco visita o recibe a nadie. No, no cree haber sido desdichado, pero desde que murió Claudia Prócula en Judea, nada puede compensar su ausencia.

Luego de los funerales de su mujer, Pilatos renunció a su puesto y se volvió a Roma. Llegó juntamente con la muerte de Tiberio y a la ascensión al trono de Calígula. Todos sus viejos amigos ya no existían, habían acompañado al patíbulo al protector Sejano, de quien ya nadie se acordaba. Decidió autoexiliarse. Se fue a Vienne, la villa junto al río que había heredado de sus antepasados, a esperar lo que el tiempo le trajera. Apatía, nostalgias.

La tarde anterior llegaron nuevas. De Roma vino un mensajero del Emperador, urgiéndole para que se presentase en Roma a la brevedad. Ya sabe de lo que se trata. El oficial mensajero se fue de boca: Calígula, cada día más loco —el Emperador ha ordenado que se construya una estatua suya en el Templo de Jerusalén para que sea adorada por los siempre rebeldes judíos— quiere enjuiciarlo. A Calígula le han llegado rumores de que muchos judíos rebeldes son dirigidos por un predicador y mago que oficialmente había sido crucificado durante la gestión de Pilatos.

El ex gobernador ha escuchado la historia sin mirar al oficial. Eso fue ayer. Ahora Pilatos, que se ha puesto una toga blanca, camina en dirección a la parte en que el Ródano se hace más impetuoso. A estas alturas no va a traicionar a Claudia Prócula. Ni a nadie. Salta.

XII

Dedicado en cuerpo y alma a aplastar la herejía cristiana, el ambicioso Saulo recogía toda la información que su gente podía obtener de los prisioneros, y es por allí por donde vendrán los estremecimientos. Uno tras otro. Y también el alivio final a sus tribulaciones.

El hombre de Tarso, que no sabe hacer otra cosa que mirar adelante, recordará siempre a Matías, el desafiante adolescente de Cananea quien luego de recibir una despiadada paliza por parte de los esbirros, le instigó a gritos:

—¡Saulo, renegado maldito, yo no sé si el maestro resucitó o no. No me importa. Yo sólo sé que vive en el norte! ¡Búscalo a él, cobarde, vive en Damasco! ¡En Damasco!

Sé bien que los hombres pocas veces entienden lo que no sienten. Sin embargo, el idumeo tomó casi de inmediato una resolución, mandó ensillar los caballos y señalando las colinas que enmarcaba el paisaje, dio la consigna:

—¡A Damasco!

DE VERBO
AD VERBUM

DE VERBO AD VERBUM

Después de tanto tiempo dedicado a estos escritos me doy cuenta de que nunca podré acabarlos, muy por el contrario, ellos terminarán conmigo, lo cual no es de lamentar. Gracias a este libro, el tiempo se me ha hecho tan corto que los días me parecieron siglos y los años instantes y casi no ha habido espacio para el sufrimiento o el ultraje, monedas de uso muy corriente entre los seres humanos. Aún me parece que hubiese sido ayer cuando mi padre partió para luego volver sobre el escudo de la difícil Germania y me dejase a solas con mi angustia sobre lo que iba a hacer de mi existencia. Hoy, pese a que mi vista se oscurece y me cuesta bastante respirar, el escribir lo que he escrito me ha ayudado a alcanzar algo de muy difícil significado: la serenidad.

Los personajes que han desfilado por estos manuscritos, los pequeños y los grandes, han sido todos los representantes de una fuerza activa en la lucha por la construcción o destrucción de este mundo. Cada uno de ellos obró según el dictado de su razón, su fe o su inteligencia; sin embargo, no todos estaban en capacidad de advertir que muchos de sus actos cambiaban de dirección bajo la influencia de las circunstancias. A

la hora de este balance, me toca decir que los personajes históricos que aquí aparecen se comportaron de la manera que yo
he expuesto y tratado. No sé si he conseguido anotar sin pre-
juicios ni antipatías, sin haber intentado nada, limitándome a
recopilar. Si estos manuscritos me sobreviven, a más de uno le
parecerán irreales y hasta fantásticos, pero ello se deberá exclusivamente a la naturaleza extraordinaria de algunos hechos que
se describen.

II

Vespasiano. Casualidad o lo que fuere, lo cierto es que
empecé a ordenar estos escritos al momento de la subida al trono del actual césar, Vespasiano, y justamente ahora que estoy
a punto de concluirlos se asegura en Roma que su vida se está
extinguiendo. Dicen que no esquiva su hora, pero tampoco la
apresura, y que afirma que morirá de pie y con la sonrisa en
los labios. Creo en lo que se dice: aunque un hombre inculto,
estuvo siempre lleno de valor y ambiciones burguesas. Morirá
feliz por haber logrado mucho más de lo que pudo haber imaginado: inaugurar una dinastía de reyes, la familia Flavia. Él,
campesino, comerciante avaro y sin suerte, que de pronto lo
alcanzó todo de golpe. Debe haber gozado mucho humillan-
do a los nobles y aristócratas que siempre le detestaron. Como
buen comerciante siempre fue desconfiado y ha escogido a sus
consejeros entre extranjeros y viejos amigos provinciales. De
carácter burlón y tosco como nadie, se hizo muy popular ante
la plebe romana luego de mofarse de una ceremonia en la que la
nobleza adulona quiso ganarse sus favores inventando un árbol genealógico que lo emparentaba con Hércules. Mandó al
demonio a todo el mundo y, carcajeándose, salió del Senado
gritando:

—¡Ya seré Dios cuando me muera!

Dicen, pues, que ya está a punto de ser divinizado. Se reirá del asunto, no me cabe duda. Más bien hay que decir que ha sido muy afortunado al tener un hijo como Tito, un militar que me recuerda a Tiberio por lo muy querido de sus tropas. Tito ha guardado muy bien las espaldas de su padre, a quien ha obedecido en todo, incluido el repudio a la princesa Berenice.

La historia seguramente vinculará a Tito con la destrucción de Jerusalén y la matanza y destierro de los judíos, pero la verdad es que Vespasiano debería cargar con ese descomunal fardo de dos millones de muertos. Roma, hay que decirlo, vive feliz y desahogada; pero son pocos los que conocen que han sido los hebreos quienes han equilibrado las finanzas del Imperio.

Lo extraño en la vida de este hombre ha sido su relación con los judíos y cristianos; su incultura no ha permitido que reconozca diferencias. Es alguien que jamás podrá entender que la dispersión provocada entre estos dos grupos humanos provocará la difusión de las ideas que profesan. Nunca podré explicarme del todo la relación de Vespasiano con Flavio Josefo, el traidor judío que logró convencerle que si bien no era Dios, era en cambio el Mesías de la Humanidad. Inocente y por ratos irracional, sé que Vespasiano morirá con esa idea que ha mantenido celosamente guardada.

III

Me alegra no haberme equivocado con Tácito. Sí, al momento de empezar estos escritos señalé que los romanos teníamos en él a una promesa en el campo de las Letras y la Historia. Bien, hoy por hoy, Tácito es el escritor más leído del Imperio y el orador más escuchado. Y es que mi amigo —a quien veo muy poco en estos días— es también el abogado de más prestigio aquí en Roma. Vespasiano y Tito no le guardan muchas simpatías a causa de que Tácito vive en permanente querella con el Estado, en razón de que la aristocracia le encarga la defensa de sus intereses económicos contra lo que ese sector considera "rapiñas estatales". Paradójicamente, el historiador-abogado es muy amigo de Domiciano, el hijo menor del Emperador, quien a diferencia de su padre y de su hermano mayor gusta de las fiestas y francachelas, amén de ser un permanente crítico de su padre y, como tal, goza al codearse con la aristocracia.

Tácito, como verdadero humanista, es un convencido, uno más, de que las medidas tomadas contra los judíos y cristianos son contraproducentes. Y más: el joven pero puntual historiador es partidario de la abolición de las penas de muerte y cree que el castigo de la crucifixión nos coloca a la altura de los pueblos sumidos en la barbarie. Si hay algo que criticar de Tácito, es su regusto por la comodidad de la urbe: al revés que el gran maestro Herodoto, no le gusta viajar y encuentra sus principales fuentes en la lectura y las deducciones de gabinete.

Le disgustan los escritos de Flavio Josefo, se refiere al judío como "tránsfuga codicioso" y asegura que las víctimas judías de los excesos de Tito y Vespasiano no pasan de seiscientos mil. Así —me lo ha informado— lo piensa consignar en el libro que está escribiendo. Aunque Tácito es muy reservado en cuanto a su futuro, para mí es evidente que se dedicará, mañana o más tarde, a la política activa. Nada podrá desviar su extraña nostalgia por la República.

IV

Comparada con la vida de Cleopatra, la princesa judía Berenice no es más que una especie de anécdota, dramática si se quiere, pero nada más. Hoy ya están algo lejos los días en que aspiraba a que Tito la desposase para así gobernar el mundo desde Jerusalén. Mujer de excepcional belleza, su cercanía a Tito le permitió atesorar enormes sumas de dinero y mantener sin mayores problemas los grandes palacios que posee en Roma y Cesárea, escasa compensación para alguien que soñaba en tan grande escala como ella. Su vida actual, entre Oriente y Roma, no tiene muchas dificultades, salvo el vacío que le hacen los nobles y poderosos. Estos desaires que sufre la portentosamente bella Berenice son resultado del ostentoso servilismo hacia Vespasiano que practican los nobles y cortesanos de Roma. Como bien se sabe, el Emperador odia a la judía casi gratuitamente. Ella, altanera y exquisita, retorna ese sentimiento de manera más o menos superficial: hace en público chistes fáciles sobre la persona del César.

—Un campesino silvestre que no sabe diferenciar una mesa de una escultura.

—Un viejo calvo al que le da lo mismo dormir con una cobra que con una mujer.

Permanentemente morena por el sol del desierto, se dice que entretiene sus horas con diversos amantes, aunque sus pasiones más exaltadas, pasado ya el romance con Tito, las vive con su propio hermano, el último de los Herodes. La seductora judía es la persona más detestada por las matronas que se refieren a ella con un apodo que atribuyen a Vespasiano: "pava vanidosa".

—No puedes casarte con esa pava vanidosa. Ella, como buena judía, emplea los senderos más torcidos para llegar a su meta —dicen que dijo Vespasiano a su obediente primogénito.

Habrá que destacar que Berenice rechazó enfurecida la propuesta de Tito de convertirse en su concubina:

—Búscate una esclava griega, no a mí. Yo soy alguien cuyos antepasados descansan sobre las pirámides más altas.

Desde entonces se alejaron el uno del otro y cuando Tito le hace alguna visita de cortesía, lo recibe con una sonrisa que parece petrificada. Eso es lo que dicen.

V

Casio Querea. No me ocupo de este personaje por razones personales y particulares, que las tendría, toda vez que Lucio Cornelio, mi padre, compartió con él la trágica aventura germana del poco sagaz general Varo en tiempos del reinado de Tiberio. Casio Querea, entonces Capitán al mando de la ciudadela de Colonia, se dio maña para resistir con una docena de hombres, entre ellos mi padre, el asedio de centenares de bárbaros para luego escapar por el Rin. Ese episodio sirvió para unir en gran amistad a los dos soldados, de tal manera que ya de vuelta en casa, Casio Querea se convirtió en un asiduo visitante de nuestro hogar, administrado por la buena Ligia. Pasado un tiempo del retorno a Roma, las existencias de mi padre y de su valeroso amigo tomarían su propio rumbo. Mi padre marcharía con las legiones de Germánico a recuperar las preciadas Águilas del poder del caudillo Hermann. Casio Querea se incorporaría a la guardia pretoriana, encargada de la seguridad y vida del César Tiberio.

Creo, sin pecar de soberbio, haber vivido en estos años episodios apasionantes de la historia de Roma. Me parece, sin embargo, que algunos de ellos, por diferentes causas, no han encontrado un verdadero intérprete y, así, han quedado como un bien confuso recuerdo. Tal es el caso del sacrificio de Casio Querea.

Pienso que la trayectoria de Casio Querea fue vital e inseparable del destino del Imperio, toda vez que fue una decisión suya la que permitió que Roma no se convirtiese en una satrapía. Casio Querea fue, como mi padre, un ser totalmente entregado a las armas. Hombre con la entereza de los viejos espartanos, no le interesaban las turbulencias de la política e hizo una brillante carrera en la guardia pretoriana. Tiberio siempre lo vio como una persona de honor que vivía al margen de intrigas y conjuras. Fueron, pues, sus viejos principios los que lo llevaron a la jefatura de los pretorianos y, así, a la muerte de Tiberio y al ascenso de Calígula se encontraba como comandante de ese cuerpo.

Aún hasta el día de hoy nadie puede decir en qué momento Calígula empezó a perder la razón. El joven y bien plantado Emperador que inició su reinado dando muestras de valor, generosidad y talento político, terminaría convertido en una especie de bestia feroz y sanguinaria al que nada ni nadie podría detener en sus desmanes sin límites. La disociación mental de Calígula no tuvo fronteras. Él, que comenzando su reinado devolvió la majestad al Senado, llegó al extremo de obligar a los senadores a lamerle los pies, para luego mandar a los reacios a morir en desigual lucha con gladiadores profesionales.

Cierto día, en el Circo, se levantó de su asiento y con un grupo de mercenarios germanos buscó a todos los calvos que habían asistido al espectáculo y los lanzó a la arena llena de tigres. Su incontenible locura lo llevó a casarse con su hermana Drusila y a manifestar que estaba enamorado de su caballo Incitato, animal para el que mandó construir un pesebre de marfil y una cuadra de mármol, además de nombrarlo cónsul del Imperio.

Fueron increíbles jornadas de terror, muerte y desvaríos de la peor especie. Y fue en esos días, en los que Roma estaba paralizada de miedo, cuando Casio Querea entró en acción. El valeroso pretoriano, a quien Calígula humillaba constantemente pidiéndole que se vistiese de mujer —pedido al que Casio Querea jamás accedió— tomó la resolución de devolver a Roma su dignidad, acabando con esa especie de enfebrecido demonio.

Una noche, a la salida de una función de teatro, en un descuido de los mercenarios que custodiaban a Calígula, el oficial sacó su espada y atravesó la garganta del tirano. Todos, germanos y pretorianos, se quedaron primero como petrificados, pero luego arremetieron, dando vivas a Casio Querea, contra lo que quedaba del monstruo. Acto seguido, creyendo que el amigo de mi padre había matado al insano para apropiarse del trono, le levantaron en hombros aclamándole como Emperador, pero Casio Querea, soldado de vieja escuela, detuvo la celebración para señalar con el índice al viejo Claudio, tío de Calígula, que había acudido al lugar atraído por el escándalo:

—Él es el César, yo solamente soy un soldado de Roma.

Y, efectivamente, ese día empezaría el reinado del buen Claudio.

Claudio hizo un excelente gobierno, para sorpresa de propios y extraños que creían era un idiota y para remate, tartamudo. Claudio, cuyo verdadero mal había sido la parálisis infantil que le dejó anquilosadas las piernas, simplemente había fingido su idiotez para engañar a Calígula, su endiablado sobrino, que había exterminado al resto de la familia. La larga comedia, efectivamente, le salvó la vida.

Claudio, inteligente y agradecido, enriqueció a la familia de Casio Querea, mas no permitió que el valiente oficial siguiera con vida, para mostrar a los ciudadanos que a partir de ese momento las leyes serían respetadas en Roma.

—Sé muy bien que tú has sido el artífice de mi llegada al trono de mis antepasados, mas no puedo permitirte seguir con vida. Conoces la Ley, querido Casio Querea. Quien atenta contra la vida de un César debe recibir un castigo ejemplar. Yo no voy a entregarte a un verdugo, sino que apelaré a tu condición de romano digno para que decidas lo mejor. No te preocupes por tu mujer y tu hija, seguirán recibiendo tu pensión y más hasta el fin de sus días.

—¡Salve, César!

Aquella misma noche, Casio Querea, vestido con su uniforme de gala, se cortó las venas. Casi nadie se dio por enterado del asunto. Y algo más, Claudio ordenó que los archivos del Imperio obviasen la intervención del pretoriano en la muerte de Calígula y que al referirse a ello se hablase de un incidente entre el tirano y algunos guardias y mercenarios.

VI

Generoso, caritativo, inteligente y servicial, nuestro amigo Filón de Alejandría llegó a ser reconocido como el mayor intelectual judío de nuestro tiempo. Yo pensé, ya de regreso en Roma, que no lo volvería a ver; pero un buen día, durante el demencial gobierno de Calígula, Filón apareció en la urbe como una especie de embajador judío ante el Emperador. Llegó hasta aquí para solicitar que se revocase un decreto imperial que obligaba a los judíos a elevar una estatua del César en todas las sinagogas del mundo. Tuvo suerte, ya que mientras esperaba la audiencia, Casio Querea se encargó del monstruo. Tuve oportunidad de saludarle e intercambiar impresiones con él, sin embargo, cuando tocamos el tema del mago Jesús, a quien llamaba "nuestro común amigo", fue bastante cauto y hasta reservado. Con todo, unas frases suyas terminaron de convencerme de que el discutido Predicador había sobrevivido a la crucifixión.

—Personajes como él son los que se permiten elegir el día, el lugar y hasta la hora de su muerte, no hay muchos así.

Esas palabras, en las que Filón remarcaba el tiempo presente, me convencieron no solamente de que el mago vivía, sino que inclusive había vuelto a la acogedora Alejandría, esta vez con menos ruido.

VII

Hoy, cuando hago el esfuerzo de recordar los años transcurridos, si entreveo un personaje extraordinario, éste se concentra en la esposa del Procurador de Judea, Claudia Prócula. Ella constituye una excepción entre las mujeres de su familia y rango. Con esto no quiero restar inteligencia, talento o valor a las aristócratas romanas, sino más bien recalcar que lo normal en las romanas de esa clase era el sumergirse en aventuras frívolas o participar activamente de las intrigas palaciegas. Creo que ejemplos sobran.

Claudia Prócula, que tuvo todo, su alcurnia y la confianza del marido para hacer de Cesárea una ciudad propia para fastos e intensa vida social, decidió, por el contrario, proseguir sus estudios de las filosofías y extrañas liturgias orientales, conocimientos que trasmitidos a Pilatos permitieron que este se equivocase poco en su difícil misión de administrador del César.

No me cabe ninguna duda de que Claudia Prócula, un ser delicado y tolerante en extremo, haya sido la razón por la cual Pilatos amnistiara al profeta de la injusta muerte en la cruz. Todavía hoy recuerdo una respuesta que me dio en esos azarosos días. "Lo más interesante del maestro judío es que enseña que no debiera recurrirse al hierro o al fuego para persuadir a los seres humanos". Debo manifestar que, más de una vez, he escuchado a los miembros de la secta cristiana de nuestros días referirse a Claudia Prócula no como a una romana, sino como alguien muy cercano al entorno del mago Jesús. Por supuesto, yo me río y me doy perfecta cuenta de cómo las distancias del tiempo y la carencia de información directa crean los mitos, pero también vuelvo a remitir mi memoria hacia la mujer de Pilatos, que murió en Cesárea a causa de la peste. Una epidemia desatada por la contaminación del agua. Supe que Pilatos honró a su mujer con un espléndido funeral. Ceremonia que él no tuvo para sí.

VIII

Creo que los hombres se definen para siempre en un solo instante de su vida, es uno solo el momento en que un ser humano se encuentra a sí mismo. Y creo que este proceso de encuentro consigo mismo es muy visible en el historiador oficial de Vespasiano y que lo será seguramente de Tito. La elección de "ser" no siempre coincide con lo que uno ha sido. Y muchas veces uno puede llegar a ser exactamente lo contrario de lo que en algún momento fue. Así me explico yo cuando reconozco a un verdugo en alguien que alguna vez fue víctima: Flavio Josefo. No puedo separar esta imagen de dualidad de este hombre despreciado y singular, el único, dicho sea de paso, que ha logrado ganarse la confianza de alguien tan precavido y desconfiado como el ahora agonizante emperador Vespasiano. Debe ser muy difícil estar en el pellejo de un hombre que ha renunciado al honor. Es también posible que yo mismo, al decir lo que digo, no esté aquilatando debidamente el significado de la ciudadanía romana. No lo sé.

Creo, pensando en la vida de Flavio Josefo, que es muy difícil llegar a la justicia y al equilibrio. Lo que sí puedo decir es que este hombre se ha pasado los últimos años recopilando y redactando la historia del pueblo del cual ha renegado: los judíos. Nadie como él para desatar los nudos de una historia que se ha ido acumulando por varios siglos. Extrañamente, no ha usado su lengua materna o el latín, sino el griego, es decir, el idioma de los enemigos tradicionales de su gente o de lo que fue su gente, porque los judíos lo odian y lo desprecian. Ahora, si bien es cierto que su cercanía al trono le brinda algunas facilidades y puede llevar una comodísima vida cotidiana, también es claro que la aristocracia romana lo mira como a un embaucador y no conceden siquiera una mirada a sus muy interesantes trabajos literarios. De alguna manera, el escritor judío forma parte de esa aristocracia de segundo orden que mayoritariamente está formada por extranjeros: élites de las naciones vasallas que forman las provincias del Imperio.

No es sin razón que doy tantos rodeos al momento de referirme a este hombre de conducta tan peculiar y cuya filosofía se maneja con tantas variantes. Todo lo que se diga de él, al final solamente serán simples conjeturas. He señalado que Flavio Josefo ha publicado un excelente libro sobre los judíos y su historia, sin embargo, no vaya a pensarse que ese texto es puntual palabra por palabra; los libros no son sagrados toda vez que componen una especie de guía que acompañe a una enseñanza oral. Así, el tratado sobre los judíos de Flavio Josefo, por ejemplo, no censura al profeta Jesús ni a sus supuestas enseñanzas, que han servido de punto de partida para formar la secta de los cristianos. Flavio Josefo se refiere al grupo de perseguidos de manera casi transversal y despectiva. Y hace más, menciona como un hecho real la crucifixión del mago y no admite que haya tenido seguidores. Se limita a dar una sola referencia: "en tiempos de Poncio Pilatos". Para Josefo, que pese a su romanización no ha logrado hacer desaparecer su alma judía, el Mesías profetizado, el personaje universalmente victorioso que llegará a Judea, no es otro que Vespasiano. Es decir, la torturada cabeza del escritor ha logrado convertir la casualidad en la realidad de una profecía cumplida.

IX

"Gracias, de no haber llegado a tu casa de Roma, la vida hubiese seguido siendo un espacio inmenso y lóbrego", solía repetirme Teófilo.

Personal. Sí, creo que en lo que concierne a mi gran amigo Teófilo, su presencia aquí, dentro de un grupo de personajes cuyos nombres sin duda resguardará la historia, tiene un sentido estrictamente personal. A pesar de la diferencia de edades, siempre nos vimos como gemelos, iguales. Pero a pesar de que deambulamos juntos por esas alborotadas arenas donde se enfrentan Oriente y Occidente, confieso que aprendí muchas cosas de él: que la belleza, la libertad y la amistad no son trazos o palabras, tampoco convenciones, sino sensaciones físicas, algo que sentimos en todo el cuerpo. Ahora, cuando todo lo vivido se despliega ante mis ojos como un sueño, creo que Teófilo no fue una, sino la mejor cosa que me ha pasado en la vida. Ahora mismo, cuando cotejo con fantasmas, vuelvo a sentir sus risas, esas que yo comparaba con una montaña. Nos separamos en Jerusalén. Fue una decisión drástica en la cual coincidimos: él marchó hacia Alejandría, yo volví a Roma. Al momento de la partida ambos simulamos una tranquilidad que no sentíamos, cómo sentirla después de haberlo compartido todo. Así, de manera simple, se produjo el alejamiento de ese griego a quien no tentaban los proyectos a largo plazo ni el arreglo de la existencia de otro. Vivía la vida con intensidad, sin preguntarse por el fin.

—Ya es tiempo de deambular a tientas, hasta ahora no lo hemos hecho —así terminó su frase. Yo bajé los ojos y, seguramente, suspiré una afirmación.

X

Enigmático, apasionado y difícil de entender, Pablo de Tarso es esencialmente un judío por lo contradictorio de su existencia. Pasados los años, este hombre que aparecía como una especie de mercenario de los sacerdotes judíos en contra del mago Jesús y sus seguidores, olvidó su pasado, y sin dejar de ser parcialmente un romano, se convirtió en cabecilla de una secta seguidora, según se afirma, de las enseñanzas de su antiguo perseguido.

Los cristianos, que en algún momento vieron en Pablo de Tarso un enemigo nefasto e implacable, lo recuerdan como portavoz del hombre que de acuerdo a sus extraños ritos hacen aparecer como cabeza de su secta. Pablo de Tarso parece haber sido un tenaz y estricto cumplidor de los preceptos de su religión, un fanático a quien no asaltaban dudas acerca del papel unificador que había jugado la doctrina judía en la historia de su pueblo. Desde Moisés hasta Judas Macabeo, pasando por supuesto por el rey David, los líderes del pueblo hebreo habían ejercido un liderazgo tanto militar como religioso, por allí se encontraba la fórmula necesaria para la redención.

Solamente la unidad en lo religioso podía garantizar la independencia, es por ello que cuando Jesús, el mago, cuestiona, no a la dominación romana, sino a los líderes religiosos judíos, Pablo decide acabar con el blasfemo y sus seguidores. Y este hombre, príncipe convertido en policía, convencido razonablemente de que la crucifixión del mago-predicador es solamente una argucia calculada de Pilatos, se lanza sin tregua ni descanso a la búsqueda del Mesías resucitado. Necesitará encontrar a Jesús para desenmascararlo y crucificarlo esta vez de verdad. Pero algo sucederá en el camino que une Jerusalén con Damasco.

En los años posteriores, el judío romanizado no tendrá temores de confesar que efectivamente encontró al mago y que conversó largamente con él, pero también hará un añadido interesante: llamará "milagro" a ese encuentro. Y claro, muchos le creerán, porque no hay nada más reconfortante para las multitudes que darle espacio a la leyenda destruyendo la verdad o la historia. Eso es lo que se llama política.

Y política seguirá haciendo este judío quien, cuando las cosas no le funcionan, apela a su ciudadanía romana, condición que detesta, pero eso es precisamente la política. La verdad es que al conocer con mucha posterioridad ese encuentro de Pablo de Tarso con el mago Jesús, quedé definitivamente convencido de que ese hombre, Jesús, entregado al oficio de contradecir la Ley, curar enfermos y caminar por los desiertos se ha arrimado a la gloria de verse convertido en Dios.

LAS MUJERES DEL TAUMATURGO

(APUNTES DEL DIARIO DE TEÓFILO)

LAS MUJERES DEL TAUMATURGO

(APUNTES DEL DIARIO DE TEÓFILO)

No me extenderé sobre todas las conversaciones y entrevistas que tuve a lo largo de aquel último invierno en Palestina y que pasé en la casa de huéspedes de Juana, una mujer que luego de haber sido curada de una fea enfermedad por el taumaturgo Jesús, heredó unas muy prósperas fincas y la posada situada cerca de la Puerta de Efraín en Jerusalén. Las posadas o albergues, al ser parcialmente casas públicas, suelen convertirse en inagotables fuentes de dinero; se aseguraba por allí que Juana destinaba una muy buena bolsa para solventar los gastos de su sanador y amigos...

La gente que frecuenta aquellos lugares suele ser generalmente muy habladora, así que no tuve dificultades en sonsacar por allí alguna información complementaria sobre la personalidad del apasionante mago. Un detalle por aquí, otro por allá, llegué a confirmar algunas situaciones que con mi querido amigo Marcio solamente habíamos entrevisto o imaginado, como por ejemplo la relación del predicador Jesús con las mujeres.

Al comenzar mi estancia en la posada de la Puerta de Efraín y al escuchar tantos elogios del taumaturgo por parte de las mujeres, igual jóvenes que viejas, que transitaban por el lugar, estuve convencido de que tarde o temprano mis oídos escucharían los pormenores de alguna aventura o romance amoroso, pero no. Si algo de ello hubiese existido, lo hubiese sabido infaliblemente, una casa pública es el lugar, como asegura Sócrates, donde a una mujer le cuesta más guardar un secreto que un carbón ardiente en la lengua.

Ester, la anciana que al caer la noche se encargaba de encender los cirios de la posada, me contó una tarde, mientras descansaba al sol, que alcanzó a conocer al mago en su adolescencia. Me aseguró que el muchacho no participaba en los entretenimientos o enamoramientos de la gente de su edad y que, por el contrario, evitaba a las jóvenes de su entorno, pese a que ellas, debido a su atractiva apariencia no lo dejaban en paz. La mujer, Ester, concluyó su perorata alegando que ese acoso de las mujeres se mantuvo aún en medio de su ministerio.

Toda fuerza tiene su contrario. No quiero terminar estos apuntes sin dejar de mencionar el hecho de que si bien todas las mujeres que he conocido coinciden en recordar al taumaturgo Jesús como a un personaje hasta cierto punto divino, muchos hombres sostienen lo contrario y lo califican de maniático e insoportable. Ahora bien, yo creo que esos punzantes calificativos son más un producto del resentimiento de algunos varones al notar la tremenda devoción que el tipo despertaba en las mujeres.

Y hablando de devociones femeninas no quiero omitir a una tal María, personaje que si bien no alcancé a conocer en persona durante aquel invierno en Palestina, pude deducir, por lo que me contaban, que había sido la mujer más apreciada por el siempre misterioso mago. Todos los que hablaban de ella coincidían en resaltar el verde de sus ojos y la espléndida cabellera rubia. Y todos coincidieron en señalarme que la bella mujer, oriunda de Tarichea, lugar que los judíos llaman Migdal Numaja, cambió el giro de su existencia a raíz de un encuentro dramático con el mago Jesús.

Confieso también que al escuchar la historia de esta María de Tarichea se me vino a la mente una reflexión acerca de las mujeres que se dedican al comercio carnal: creo que no hay nada que concilie a mujeres tan diferentes como las griegas, las sirias y las hebreas que el odio a las hetairas. Así pues, supe por diferentes bocas cómo había empezado la historia de esa relación del taumaturgo con la subyugante mujer.

Resulta que una mañana un grupo de hipócritas devotos de la ley de Moisés persiguieron a María por las vecindades del Templo, escupiéndola y pegándole; luego la raparon con unas tijeras para esquilar ovejas. Acompañaban sus gritos y maldiciones lanzándole frutas podridas, ratas muertas, excremento de camello. Finalmente, ya preparaban las piedras para la lapidación. Y fue allí, en ese momento, cuando apareció Jesús. Él y sus acompañantes defendieron y salvaron a María. Y desde entonces, hace ya algunos años, la bellísima hetaira cambió los ardientes juegos del lupanar por la compañía permanente del Predicador.

Me contaron que desde ese momento María olvidó afeites y perfumes, y oculta su exuberante cabellera rubia con un simple pañuelo de paño crudo. A pesar de ello, señalaban, la muchacha sigue irradiando encanto y así, para estar cerca de ella, muchos mozos apuestos y mercaderes ricos se unían a la comunidad formada por el taumaturgo Jesús.

Aunque, desde aquel día en que se salvó de la lapidación, a María de Migdal Numaja no se le conocen hechos de amor, se repite que su belleza fue la causante del suicidio de un tal Judas, primogénito de un riquísimo comerciante galileo llamado Simón Iscariote, que se encargaba de las finanzas del Predicador y sus seguidores. Este Judas, a raíz de la desaparición de Jesús, buscó la ocasión para conversar largamente con María. Y el hombre, a quien todos los testimonios señalan como rico, apuesto y culto, le pidió a María, con palabras apasionadas, que abandonase al grupo y se fuese con él a un lugar de mejor y más cómoda existencia. Contaban que de rodillas le prometió todo lo que ella quisiera, incluido el matrimonio. Pero fue en vano. María escuchó en silencio, moviendo la cabeza, todo lo que Judas dijo. Luego le manifestó, sin inmutarse, que no deseaba nada de lo que le ofrecía, que ella estaba conforme y feliz con lo que había recibido de Jesús. Y terminó revelándole que llegaría el día, estaba cerca, que volvería a reunirse con su querido maestro.

Los hechos no se detuvieron allí. Con la cabeza hecha un caldero, Judas, el financista y discípulo del taumaturgo, se dirigió a una sombría taberna donde apuró varios vasos de vino para luego salir tembloroso del lugar y dirigirse por las estrechas calles de Jerusalén hasta un huerto cercano. Me contaron que murió esa noche. Se ahorcó en un árbol. En la madrugada, los pastores que descubrieron el cadáver encontraron regados, al lado de una bolsa vacía, una gran cantidad de dinares de oro. Calculo que toda esa historia es ahora pretérito.

Por todo lo escuchado durante mis últimos días en Jerusalén, puedo deducir que al ser el taumaturgo Jesús un hombre esbelto y elegante, sus enseñanzas y profecías pronunciadas ante auditorios mayormente constitudos por mujeres caían como la semilla en un terreno abonado. De ellas saldrían las voces que pregonaban que él era precisamente el hombre que llevaban tantos años esperando los judíos. A la hora que ellas le comparaban con otros caudillos populares o seudo-mesías, nuestro mago salía ganando largamente, ya que la mayoría de esos cabecillas eran guerreros de poca monta, sectarios o jefes de bandas de bandoleros, mientras que Jesús bien hubiese podido añadir a sus espectaculares dones de mago y filósofo su aplomo y su belleza. Es un hecho que entre la gente humilde, particularmente en las mujeres de esos sectores, la belleza goza de un reconocimiento instintivo y todos los demás atributos pasan a un segundo término. No en vano el mundo se civilizó y refinó gracias a Grecia.

Termino apuntando que salí de Judea para siempre, pero también convencido de que el discutido taumaturgo Jesús tuvo su fuerza motriz en las mujeres que le rodearon. De allí también aprendí una lección: las mujeres son fieles únicamente al hombre que no sucumbe ante sus encantos. Queda escrito.